LE MONDE D' EDENA

MOEBIUS

星際修復師的奇幻迷航

（平裝特別版）

Cet ouvrage a bénéficié du soutien des Programmes d'aide à la publication de l'Institut français.
Cet ouvrage, publié dans le cadre du Programme d'Aide à la Publication « Hu Pinching », bénéficie du soutien du Bureau Français de Taipei. 本書獲法國在台協會《胡品清出版補助計劃》支持出版。

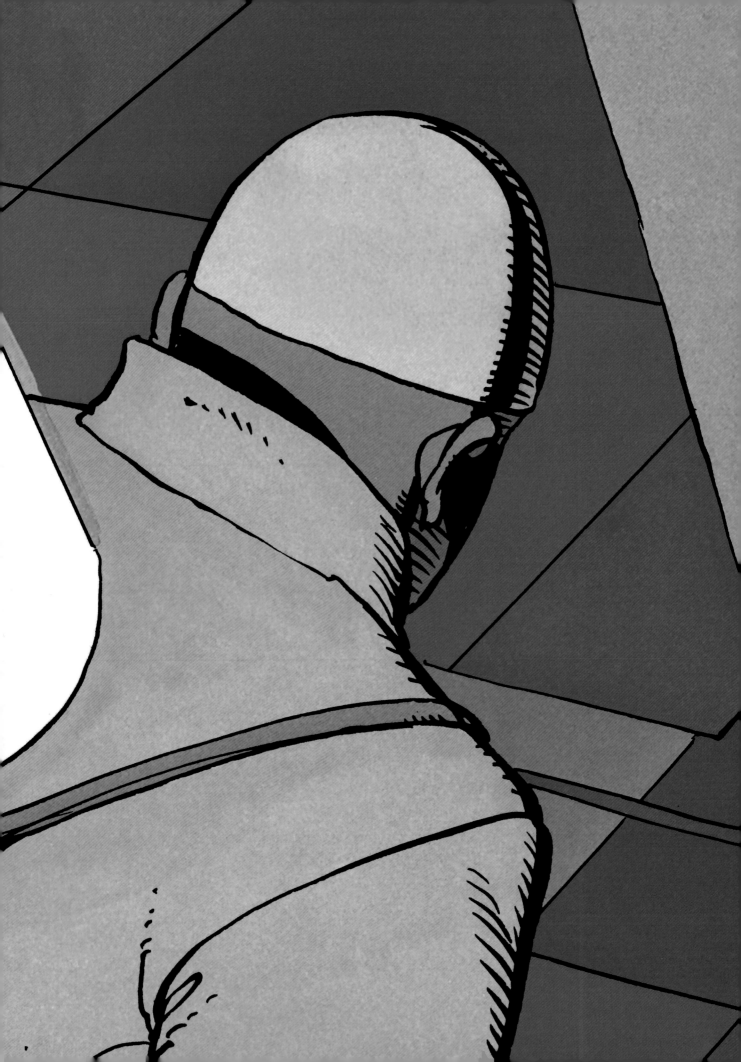

星際修復師的奇幻迷航

（平裝特別版）

原文書名　Le Monde d'Edena
作　　者　墨比斯（Mœbius）
譯　　者　陳文瑤

總 編 輯　王秀婷
責任編輯　李　華
版　　權　徐昉驊
行銷業務　黃明雪、林佳穎

發 行 人　涂玉雲
出　　版　積木文化
　　　　　104台北市民生東路二段141號5樓
　　　　　電話：(02) 2500-7696｜傳真：(02) 2500-1953
　　　　　官方部落格：www.cubepress.com.tw
　　　　　讀者服務信箱：service_cube@hmg.com.tw
發　　行　英屬蓋曼群島商家庭傳媒股份有限公司城邦分公司
　　　　　台北市民生東路二段141號11樓
　　　　　讀者服務專線：(02)25007718-9｜24小時傳真專線：(02)25001990-1
　　　　　服務時間：週一至週五09:30-12:00、13:30-17:00
　　　　　郵撥：19863813｜戶名：書虫股份有限公司
　　　　　網站：城邦讀書花園｜網址：www.cite.com.tw
香港發行所　城邦（香港）出版集團有限公司
　　　　　香港灣仔駱克道193號東超商業中心1樓
　　　　　電話：+852-25086231｜傳真：+852-25789337
　　　　　電子信箱：hkcite@biznetvigator.com
馬新發行所　城邦（馬新）出版集團 Cite（M）Sdn Bhd
　　　　　41, Jalan Radin Anum, Bandar Baru Sri Petaling, 57000 Kuala Lumpur, Malaysia.
　　　　　電話：(603) 90578822｜傳真：(603) 90576622
　　　　　電子信箱：cite@cite.com.my

封面設計　吉日工作室
製版印刷　上晴彩色印刷製版有限公司　Printed in Taiwan.

2017年 8 月22日　初版一刷　印量 1000本
2021年 7 月 8 日　初版二刷　印量 1200本

ISBN 978-986-4593-25-5　有著作權·不可侵害

城邦讀書花園
www.cite.com.tw

紀念版序：班諾‧慕夏爾 BENOÎT MOUCHART

重建世界

1983年，斯迪爾與阿丹的第一場冒險在墨必斯筆下展開，彼時他在漫畫界的資歷已超過二十年，發表了不少作品，且其中不乏全球公認的經典。

本名尚‧吉侯（Jean Giraud）的墨必斯，1938年5月8日出生在豐特內蘇布瓦（Fontenay-sous-Bois）。年少時，他就對能讓自己藏身在想像之中的繪畫懷抱熱情。儘管父母離異，他仍然樂於宣稱自己有個幸福的童年，然而成人世界的現實卻沒有回應這個理想主義夢想家的憧憬與想望：「我記得在拿到畢業證書之後，就發覺童年結束了。」墨必斯說，「我探探自己的口袋，想想未來職場生涯似乎看不到什麼展望。而跟大多數的朋友相同，我找的淨是繁重的工作。在那個年代沒有所謂的失業，可是就算我出身平凡，那些會把手弄髒的工作還是令我非常厭惡；相反地，連續畫幾個小時的圖卻令我無限喜悅，所以我決定把這個阻礙我學習的習癖轉換成正向的力量。我認為，在人生中所遭遇的問題，幾乎都在提醒我們轉化、改變對世界的觀點[1]。」

墨必斯透過函授方式上了一些繪畫課之後，在16歲時進入應用藝術學校。從1956年開始，他在Far-West、《勇敢的心》（Cœurs Vaillants）以及Fleurus出版社的其他少年雜誌裡發表西部漫畫。1963年，他根據尚米榭爾‧夏里耶（Jean-Michel Charlier）撰寫的腳本，畫出了藍莓上尉的冒險故事。這一系列西部漫畫以連載形式刊登在《領航員》（Pilote）週刊，也讓他得以精進早些年前擔任比利時著名漫畫家吉杰（Jijé）的助手時所學到的繪圖方式——當時他的工作是為刊登在《史比露》（Spirou）漫畫周刊上的《傑瑞‧斯普林》（Jerry Spring）其中一集〈科羅納多之路〉（La Route de Coronade）上墨色。吉侯將專欄作家夏里耶筆下深具傳奇性的歷史事件化為影像，共完成了20多冊；其中，《迷失的德國人與金礦》（La Mine de l'Allemand perdu）、《黃金子彈幽靈》（Le Spectre aux balles d'or）或是《天使臉孔》（Angel Face）展現的圖畫力量，在世界各地都被公認為是頂尖之作。他的圖帶著有力而躍動的筆觸，鋼筆描繪的陰影線和虛

1.
序者註：《在魔術師的花園裡》（Dans le jardin du mage），班諾‧慕夏爾於1992年6月至1995年11月之間進行的訪談，刊登在漫畫雜誌《Kaboom》第五期，5月至7月，2014年。

線點畫增添了豐富度，使構圖具有更緊緻的立體感、強調出某種氛圍下的戲劇張力。《藍莓上尉》（Blueberry）這則華麗的傳說，數年來隨著電影類型的不斷演變，仍可與約翰‧福特（John Ford）、霍華‧霍克斯（Howard Hawks）、山姆‧畢京柏（Sam Peckinpah）或塞吉歐‧李昂尼（Sergio Leone）執導的經典電影媲美。不過，儘管劇情錯綜複雜，這部作品仍被歸類在青少年小說，類似夏里耶同時期刊載在《領航員》週刊上的《紅鬍子》（Barbe-Rouge）與《空中騎士》（Les Chevaliers du Ciel）。

1960年代末，由當時的美國漫畫家羅伯特‧克魯柏（Robert Crumb）、吉爾伯特‧謝爾頓（Gilbert Shelton）所引領風潮的「地下漫畫」（underground comix），替許多法國創作者開闢了新的視野，他們渴望從傳統常規中解放，衝撞加諸在以青少年為受眾的雜誌刊物上的限制。

14歲時，墨必斯從父親送的《虛構》（Fiction）與《星系》（Galaxie）漫畫雜誌中接觸到奇幻、科幻漫畫，就此對這類主題著了魔。他時不時會以墨必斯為筆名，創作一些有別於主流的故事，比如刊登在《切腹》（Hara-Kiri）月刊中的《瘋狂班達》（Le Bandard fou）；而1974年發表在《領航員》的《繞行》（La Déviation）更為特別：他把自己搬到故事裡，化身為一個家庭的平凡年輕父親，駕車欲前往雷島；而作品表面的自傳風格很快地轉了彎，沒多久風景即變形走樣，彷彿進入洛夫克拉夫特（H. P. Lovecraft）或法瑪（Philip José Farmer）小說中放蕩不羈的幻想裡，翻轉顛覆了故事。短短七頁以鋼筆畫成，全然跳脫框架，技法極為細膩，而細節繁複可媲美古斯塔夫‧多雷（Gustave Doré）的版畫名作。

《繞行》成為墨必斯創作思維中一個新的出發點、一個標記，他再也不放過任何一條指點迷

津的小徑。自此以後，不管是漫畫、插畫、油畫或是電影創作，舉凡他所認可的圖像創作都署名墨必斯。1974年，墨必斯與德魯耶（Druillet）、迪歐內（Dionnet）以及法卡斯（Farkas）創辦了成人漫畫月刊《狂嘯金屬》（Métal hurlant），讓實驗性的繪圖語言毫無顧忌地展現科幻想像、某種搖滾甚至是龐克精神。《阿札克》（Arzach）這部無對白漫畫，敘述著一個古怪的啞巴戰士，乘坐白色翼手龍飛越廣漠無邊的沙漠，便是在這本雜誌上發表的。就像那部即興而毫不受限的連載漫畫《密閉車庫》（Garage hermétique）[2]，墨必斯的故事儼然是美學與視覺的革命宣言：「我們當然可以把故事形式想像成一頭大象、一片麥田或是一縷硫火柴的光芒[3]。」藝術家這樣聲明他們的企圖。在墨必斯精湛的技巧下，探索的是自動繪畫的某種形式表現，由無意識的偶然、直覺或是幻想所操控，而非僅限於敘事架構的邏輯。透過這些圖像詩，他開啟一道朝向未知的門，帶著魔術

師的狡點與優雅，邀請讀者改變他們對世界形式的觀看。

1980年代初期，墨必斯已是個知名度極高的漫畫家，尤其在電影領域。雷利·史考特（Ridley Scott）的《異形》找他一起來冒險，迪士尼動畫工作室的《電子世界爭霸戰》請他做布景與服裝的概念設計，赫內·拉盧（René Laloux）執導動畫《時間之主》時，也從他筆下的人物與分鏡得到許多靈感。墨必斯在畫亞歷山卓·尤杜洛斯基（Alejandro Jodorowsky）編劇的《銀河活寶偵探》（L'Incal）第三部時，接受雪鐵龍汽車公司（Citroën）的邀請，原本對方委託的內容是繪製6頁的廣告，印成一本小冊提供給專屬代理商；但墨必斯自忖那是三年來第一次冊需依賴編劇而可以自由發揮的創作邀約，於是改變規格，把握機會發展出一個39頁的長篇故事：「藝術家的工作包括與大眾維持一種充滿魅力又帶有吸引力的關係」墨必斯說道。當所

2.
譯者註：《密閉車庫》這部漫畫從1976到1979以連載形式發表在《狂嘯金屬》雜誌上。

3.
譯者註：這句話的前一句是：「沒道理故事一定要得像個房子，有大門可以進出，有窗戶可以看到樹以及一個通到壁爐的煙囪」，出自1975年《狂嘯金屬》月刊版權頁。

有人都等著魔術師從帽子裡變出一隻兔子的時候，他放出的卻是一隻鴿子！真正的專業，就好比一個空中特技演員，讓所有人以為他身陷絕境實則不然；而當真千鈞一髮之際，又不被任何人察覺[4]。」

《在星星上》這部漫畫裡，針對品牌行銷的限制，墨必斯只在最無關緊要的部分著墨：他把汽車公司的名字放在副標題（一場雪鐵龍巡航），裡面出現一輛該廠牌的前驅車，並以兩艘人字形飛船的升空結尾：人字形正是雪鐵龍的標誌。除了這些在形式上一目了然的援用之外，故事也讓我們看到來自《致命將官》（Major Fatal）系列的影響。斯迪爾和阿丹的周遭環境被濃縮為機械結構內部；一走出他們的裝置，故事便在一個既無鳥獸也無草木、只見礦物元素的風景裡開展。整個星球彷彿被平坦的沙漠所覆蓋，讓人聯想到的不是撒哈拉的沙丘起伏而是墨西哥索諾拉筆直的水平線。這對搭檔幾乎不具特徵的臉，則讓人憶起艾爾吉（Hergé）筆下最著名的英雄：丁丁，

兩張平淡而無性別之分的臉孔，好比丁丁臉部的輪廓。身為流浪在太空裡的機械師，斯迪爾和阿丹的作用似乎除了修復那些不再運作的東西以外別無其他。在這層意義上，他們與某些從法國、比利時漫畫裡脫胎而出的人物相似，其唯一任務就是恢復世界的秩序，不帶任何凡人普遍會有的嚮往。然而這對搭檔，當他們在金字塔那群非人類之中脫穎而出之後，將觸及意識的另一個層次。金字塔這個上升的完美象徵使他們得以飛往伊甸納，一個以天堂為名的星球。

那是多年來第一次，墨必斯以樂觀主義的態度完成一則嶄新的敘事，與他截至當時為止展現的絕望式嘲弄大相逕庭：「我曾對人類將迎接的未來抱持著悲觀的看法——任何逃脫規範、命運或現實的嘗試似乎總是無可避免地受到譴責與懲罰。」墨必斯解釋，「原本這是對於他人強加於我、或我強加給自己的個人困境的一種表達；但有一天，我察覺到這類情境就在我描繪的同時成真了。因此我做了一種心理魔法

4.
序者註：同註1。

式（psychomagique）的決定，不再賦予故事災難性的結局，天真地希望可以對混亂的根源有所作用。這並不容易，因為去除一個症狀向來不表示治癒了什麼。說到底，我停止想像悲劇性的結局就好比人們戒酒或戒菸一樣[5]。」

伊甸納這一系列故事可以讀作一種禁慾形式，亦可讀作一種對精神官能症的否認。這樣的雙重嚮往最顯著的表現即在其洗鍊而優雅的繪圖風格裡。漫畫家透過一種與過去作品相較之下都來得低調的風格，嘗試剝除影像所有外露的效果，使之盡可能顯得客觀：「洗去自我的圖畫將趨近一條純粹冥想的線，」墨必斯說著，「無我繪畫的絕對性，是畫出如同以圓規畫成的完美圓形。當然這並非漫畫的目的，漫畫首要之務是講故事。而實際上我喜歡的，是在一個與自身個性呼應的索引裡透過敘述玩遊戲；找到效果，但必須是中間色調；同樣在指引讀者，但是以靈巧且寧靜的方式[6]。」

1985年，當《在星星上》首次以畫冊形式在市

面流通時，墨必斯人在日本參與《小尼莫》（Little Nemo）的動畫改編。由於動畫的整個製作在編劇上遇到很多問題，後來他得以自由決定是否將之轉為個人計畫。隨後，墨必斯經歷了精神與內在的動盪時期，他重新質疑自身的世界觀與生活方式、甚至包括飲食習慣。重讀《在星星上》時，墨必斯察覺他筆下人物所追尋的或可與他個人的提問契合：「當時《在星星上》有兩種可能的結局，」墨必斯解釋，「故事在人們前往天堂之際落幕，接著，要不我就讓結局停在這裡，讓每個人自由想像天堂的模樣；要不我以作者身分正視這個問題，冒險來描繪這個尋獲的天堂[7]。」

《伊甸納花園》的前24頁只花了二十多天，是他在東京某旅館裡的繪圖桌前完成的。那段創造力爆發期過去之後，他甫在洛杉磯安頓好，便畫出了結局。在《伊甸納花園》裡，墨必斯傳達的並非創世紀的再刻畫，而比較是一個建立在寓言或神話的基本敘事原型之上、關於再生的故事。當斯迪爾和阿丹降落在那令人驚豔

5.
序者註：同註1。

6.
序者註：《墨必斯訪談錄》（*Propos recueillis par Numa Sadoul, Docteur Gir et Mister Moebius*）2015年Casterman出版。

7.
序者註：同註6。

的果園時，並沒有像亞當或夏娃一樣吃了智慧果；真要說他們違反禁令，只是因為宇宙航行的規則明訂「未經航站醫學機器人精密分析與測試，禁止食用任何當地的東西」。因為與原有的技術支援失去聯繫，斯迪爾和阿丹被迫重新啟動求生的強烈本能。「如果想活下來，就必須丟開一切執念造成的心理影響」，斯迪爾對自己喊話道，然後讓阿丹喝下他從河流取來的水。被迫拋棄合成食物，以自然中的食物來充飢，讓他們重新找回本來的樣貌：頭髮變長，各自的性別亦顯露出來。阿丹還原為女性的「阿丹娜」，斯迪爾先是發覺對她的慾望，最後卻轉變成愛：「如同《銀河活寶偵探》一樣，我看見《伊甸納》裡面的人物相愛著。」墨必斯透露，「我非常訝異自己竟然從未描述過感性情緒，如果有，也是以諷刺的角度。而現在，我筆下的人物不僅有情感，這些情感還成為驅動故事的力量[8]。」

當墨必斯捨棄追求圖畫上的純粹而投身於感官上新的覺醒時，斯迪爾也恢復了尼安德塔人的

身分。他裹著簡單的纏腰布，帶著一把彎刀，在夢裡接受某位自稱布吉大師的指引。若說這個奇特創始者的特徵讓人想起《密閉車庫》裡的格魯貝將官，那麼他神祕的建議則呼應著卡斯塔尼達（Carlos Castaneda）的巫士唐望·馬庫斯（Don Juan Matus）的教誨。至於阿丹娜則有著明確的女性體態，被戴著長鼻子面具的生物「鼻啪人」（Pif-Paf）遵奉為女神。鼻啪人是因循守舊的群體，且排斥其天生的人類樣貌。他們之所以戴上面具、用笨重醜陋的衣物來遮掩身體，是為了預防疾病，同時避免觸怒「帕坦」（Paterne）。帕坦這個狂暴天神的名字，回應的是亞伯拉罕諸教中那具有父權形象、唯一的神，當我們狹義地從字面上詮釋這樣的神，那麼祂授意的便是某種箝制個人發展的清教徒式生活準則。帕坦反對斯迪爾和阿丹娜的結合，卻又矛盾地試圖讓他們重聚以便更為全面地將之摧毀，幸而最終這對戀人透過夢的力量而合體。這類魔法般的天啟為人類所共享，但人類向來未必能夠衡量其中的精神力量。「我們在作品的這個部分，看到

8.
序者註：同註6。

每個人穿越平行時空創造世界、創造自身世界的能力，不是借助機械裝置而是透過幾近魔法般夢的力量[9]。」墨必斯表示。《斯哈》的故事作為伊甸納系列的終結，則像《在星星上》一樣，以升空畫下句點，彷彿意味著無限循環的莫比斯環啟發了這個寓言五部曲的敘事脈絡。

鼻啪人、斯迪爾和阿丹亦出現在伊甸納系列以外的五則短篇故事裡。我們看到這兩個星際修復師以他們一開始的中性樣貌搶救毀壞的飛船、探索未知的世界。在這些冒險當中，最讓人印象深刻的無疑是《星球仍在》，這個短篇選在1990年的「地球日」在美國漫畫雜誌《Concrete》特刊號發表；墨必斯用這則無對白漫畫重新與《阿札克》迷人的詩意連結，操弄變形主題，帶領讀者進入一個透過夢境視角點出的解放式恍惚。《星球仍在》的影像充滿魅力，也難怪讓墨必斯興起與傑佛瑞・尼克（Geoffrey Niquet）[10]合作的念頭，協力製作了一部3D動畫短片，在巴黎卡地亞基金會於

2010年所舉辦的「墨必斯・附身・形式」（Mœbius Transe Forme）回顧展裡播放，是為2012年3月10日在巴黎逝世的藝術家生前最後的幾個大計畫之一。在這些故事被集結編纂為全集之際，我們看到「修復」這個字眼的回返，而它正揭露出墨必斯創作中所不斷追求的課題。

根據《李特雷辭典》（Le Littré），「修復」這個動詞意味著：「回到原有的狀況、修補、和解、重建、補救、補償、擦去」。

在雕塑裡，當我們使用這個字的時候，表示想要：「修飾銼刀鑿出的粗獷線條，或是去除缺點」；在騎士制度裡，「修復」是「整頓過失」的同義詞；在神祕學裡，它指的是「精神上的重生」。「修復」的意義疊加在無限之上，留給讀者詮釋的自由，也正是讀者們一再從墨必斯令人著迷的作品中獲得的感受。墨必斯是那永遠的提燈者、尋找星星的人。

9.
序者註：同註6。

10.
譯者註：BUF工作室的特效製作總監。

BENOÎT MOUCHART　班諾・慕夏爾
法國作家，1976年生於法國凡爾賽（Versailles）。主修文學，1999年畢業於巴黎第四大學（Université Paris-Sorbonne）後，即於高中任教法國文學。2003起，他擔任安古蘭國際漫畫節（Angoulême International Comics Festival）的藝術總監達十年，也是Casterman出版社的漫畫部門主編，活躍於藝術、漫畫、文學活動與傳記寫作。

中文版譯者序：陳文瑤

給線索的人——持續變形的墨必斯

我第一次見識墨必斯的魔力，是2010年10月到2011年3月在卡地亞當代藝術基金會的大型回顧展「墨必斯·附身·形式」中。那一天，靠近261號的哈士拜大道上大排長龍，展場內亦人潮洶湧，當時距離開展已經過了三個月。

法國漫畫評論人薩篤爾（Numa Sadoul）從1974年開始持續關注墨必斯，並進行深度訪談直到他2012年過世。他形容墨必斯如一塊變化多端、刻鑿細緻的多面水晶體，帶著「哲學式的詼諧」（comique philosophique），想法、概念總是自然而然在層層疊疊的文字遊戲、心理分析、雙關語當中生長蔓延[1]。上述的回顧展，展覽名為「Mœbius Transe Forme」（墨必斯·附身·形式），法文發音唸起來剛好亦是「Mœbius Transforme」（墨必斯·變形）。墨必斯在訪談中笑說這種雙關語有跟沒有差不多，太顯而易見誰都想的到；可是它卻又那麼貼切，因為「墨必斯·附身·形式」所展示的，正是他從拿起畫筆的50多年來未曾停歇的墨必斯變形記。接著他又說：

「要創造出某種形式，的確必須進入某種附身的狀態，在恍惚狂熱之中與我們自身的力量連結，在極為專注的狀態下接收這個世界、看見這個世界。」

從貌不驚人的文字遊戲跳接為到寓意深遠的創作體悟，就像《伊甸納》全集裡不管文或圖，處處充滿讓人不知是巧合或故意的隱喻、是隨興或縝密的玄機；比如無對白的《星球仍在》到底意味著文明的衰敗與新生輪迴；抑或星球本身即是個生物，因為缺乏能量而蟄伏著，一旦出現其他生命體便會甦醒並企圖將之吞噬以換得自身的延續？我努力想找出邏輯自圓其說，最後卻發現墨必斯講故事的手法可說是順著意識流，其中各種能量拉扯的力道未必一致，情節明明很簡單，卻又無法預測爆點與起承轉合，以致讓人忍不住跳腳：「大師就是任性！」話說回來，《星球仍在》傳遞的訊息不就是所有生命體皆共同追求的「生機」？求生存是本能，沒有正邪善惡之分，我所糾結的詮釋只是個人的執著。

1983年墨必斯接受雪鐵龍汽車的委託，結果把案主預期6頁的廣告小冊發展成近40頁的《在星星上》時，並沒有想到他會繼續畫下去，最後變成以《伊甸納》為題的系列作。《在星星上》或許只是墨必斯嘗試編劇的小品，裡面融入十七歲時他在墨西哥與母親相聚的那八個月，時常穿越廣漠一望無際、永遠看不到終點的大地的經驗，但《伊甸納花園》之後卻是他意圖鮮明的續作。墨必斯說道，一開始他的確

1.
見 *Numa Sadoul, Docteur Gir et Mister Mœbius*, éd. Casterman, 2015, pp. 260-261

不想賦予斯迪爾或阿丹明確的性別，而這種選擇某個程度上正反映了他對存在自身的陽性與陰性能量的漠不關心。大約是1985年之際，墨必斯有感於工業、科技文明對人類自然本性的箝制，加上接觸到所謂的「生食療法」（Instinctothérapie）[2]，於是，原本只吃著經過嚴格檢驗的合成食物，還可以不斷汰換受損器官，藉由醫學科技精密控制來維持「健康」的斯迪爾與阿丹，落入類地球生態的伊甸納花園之後，在求生存的慾望驅使下擺脫之前的束縛，吃下從前只存在於知識裡的真實食物如蘋果，從合成世界回歸自然，接著變形、重新發現有血有肉的自我。

「圖畫是一種靈魂的顯影、個人狀態的呈現，不管主題、動機、題材是什麼，我們總會從中看到某種東西。」

2010年回顧展之際，墨必斯還健在，除了親自參與籌備與布展，還現場手繪錄製了五集〈躍動的線〉（La ligne qui danse），其中有一集畫的即是《伊甸納》系列作主角，在短短三分鐘的影片最後，我們看到形貌中性的斯迪爾與阿丹各據一方，手裡握住同一條粗繩形成拉鋸角力，再仔細一看，那條粗繩其實是連接彼此的尾巴：這張圖，恰好說明了在墨必斯的設定裡，斯迪爾與阿丹其實是同一具軀體裡的兩種能量，就像沿著中線剪開的莫比烏斯環只是變長交錯的環圈，再剪開一次終於一分為二，卻仍然彼此纏繞。

2.
墨必斯提到，當初他下意識替故事裡的夢大師取名布吉（Maître Burg），後來竟意外地發現Burg正是他另一個分身Grubert的回文，Grubert又是Burger的易位構詞，而提倡生食療法的學者、墨必斯心中的大師，就叫做Guy-Claude Burger。

譯者簡介 陳文瑤
生於澎湖，臺南藝術大學史評所畢業，法國高等社會科學院藝術與語言科學博士候選人，現從事法文翻譯及藝評寫作。

REPARATIONS 序曲：修復

moebius.

斯汀瑞克斯星球上，有架「巡路者」故障了……

斯迪爾！你找到問題了嗎？

沒！

看起來都很正常啊！內部管路穩固，極限開關也在正確的位置。

哎！那怎辦！

嗯，我要繼續下降到核心區。

小心點！這些巡路者的核心區變數很多！

我進來了！這邊有一片強光！你聽得到我說話嗎？

可以，不過訊號愈來愈弱！慢慢來！

全部匯成一道！
好可怕的反作用
力！

這、這顆核心就在
裂縫的邊緣！！！

巡路者，你撒謊！
這架控制器的核心早就嚴重受損了！

你那個機械師是個異種天才啊——
難道你不覺得？

哼……是又怎麼樣！我看你需要的不是機械師
而是心理分析師！你的精神評估出問題了，你
最好自己小心一點！

嘿，這倒是——我是有點小毛病……
不過我會給你們雙倍酬勞，而且要是你的機
械師擁有純粹的心，他就能全身而退！

斯迪爾？
他的心當然很純粹。
少鬼扯！

MOEBIUS3

我的潛水艇⋯⋯壞掉了！

這、這怎麼可能⋯⋯
這小孩！這玩具！

它不會動了⋯⋯
它沉下去然後不會浮起來。

斯迪爾！你的名字是斯迪爾對吧！
如果你願意的話，我可以幫你修理⋯⋯

對啊！我叫斯迪爾。
真的嗎？叔叔你真的可以幫我修好潛水
艇？那你叫什麼名字呢？

我也叫斯迪爾呀，
很巧吧！？

好！讓我們來看看，
這艘超美的潛水艇到底哪裡出了問題！

B2

MOEBIUS 5

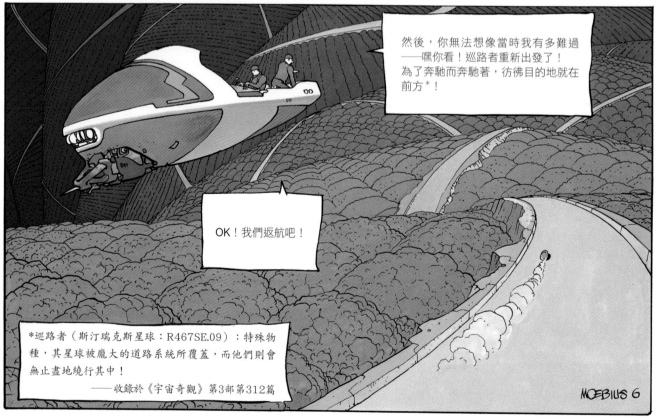

*巡路者（斯汀瑞克斯星球：R467SE.09）：特殊物種，其星球被龐大的道路系統所覆蓋，而他們則會無止盡地繞行其中！
——收錄於《宇宙奇觀》第3部第312篇

MOEBIUS 6

在星星上

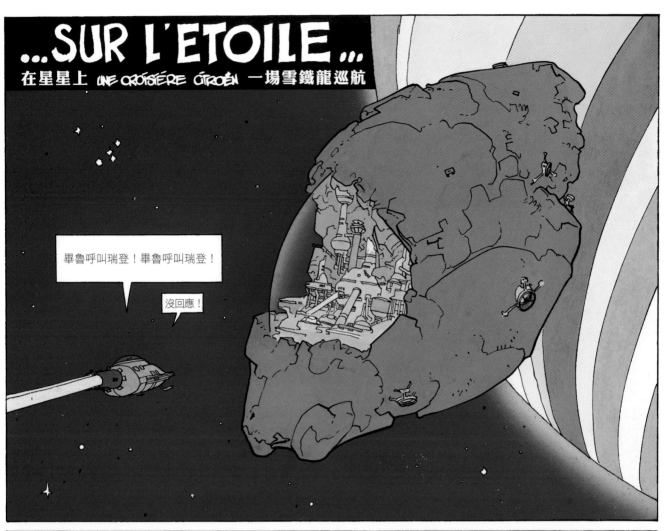

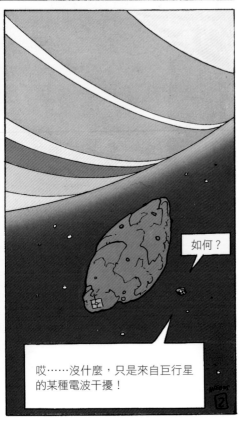

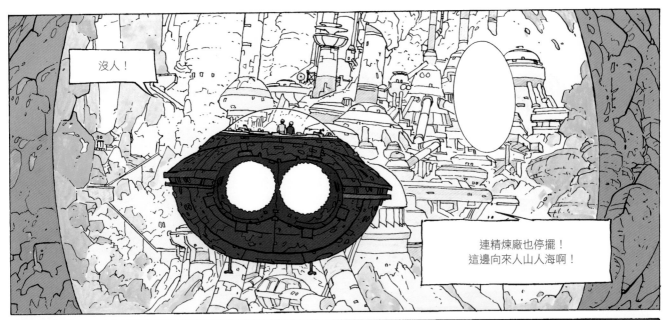

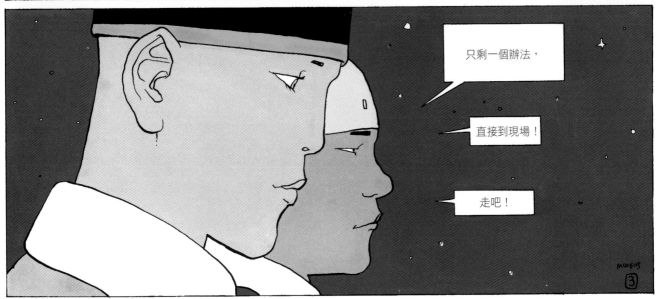

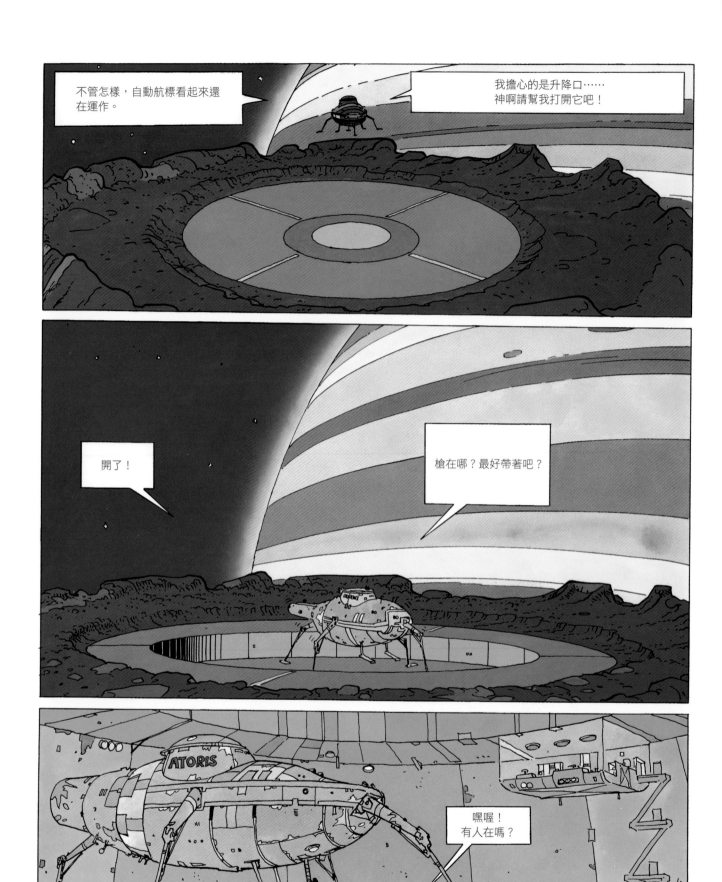

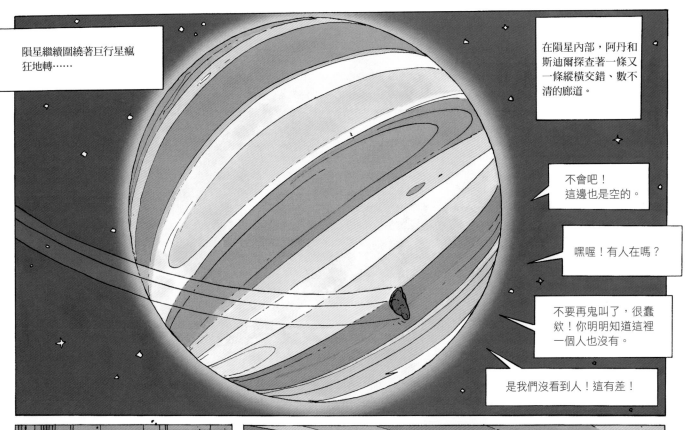

隕星繼續圍繞著巨行星瘋狂地轉……

在隕星內部，阿丹和斯迪爾探查著一條又一條縱橫交錯、數不清的廊道。

不會吧！
這邊也是空的。

嘿喔！有人在嗎？

不要再鬼叫了，很蠢欸！你明明知道這裡一個人也沒有。

是我們沒看到人！這有差！

拜託！……算了，我們就留張支票然後拿走氚燃料……

嘿喔！
有人在嗎？

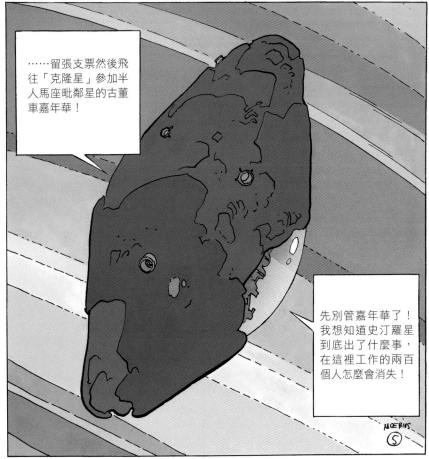

……留張支票然後飛往「克隆星」參加半人馬座毗鄰星的古董車嘉年華！

先別管嘉年華了！我想知道史汀羅星到底出了什麼事，在這裡工作的兩百個人怎麼會消失！

過了好一陣子……

好吧！

我們必須面對事實，他們統統蒸發了！

斯迪爾！
主控制臺是這個？

嗯，一切都由這臺電腦控制。

如果有留下什麼線索的話，一定就在那裡了。

太空衣可以脫掉了，所有指示燈都是綠的，這裡很安全！

欸，斯迪爾，他們在耍我們嗎？幽靈船「飛翔荷蘭人號」的把戲？

我要把磁帶倒回去，看看會出現什麼訊號……這樣最快！

有了！這邊！

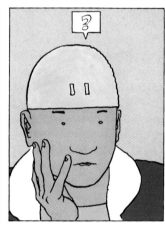

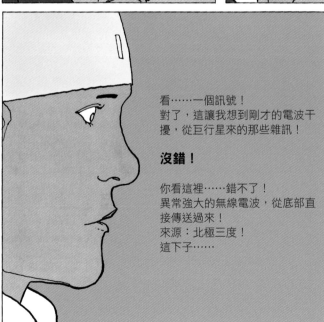

看……一個訊號！
對了，這讓我想到剛才的電波干擾，從巨行星來的那些雜訊！

沒錯！

你看這裡……錯不了！
異常強大的無線電波，從底部直接傳送過來！
來源：北極三度！
這下子……

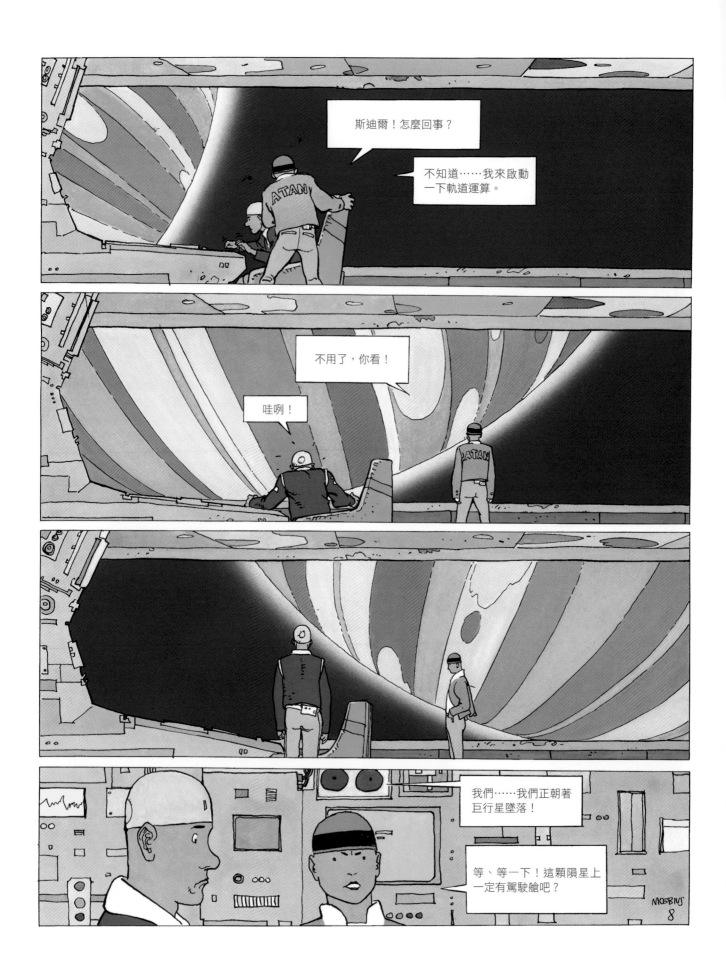

欸……有個非常原始的制動火箭系統，不過這樣應該就夠了！

你看看！跟你説「燃料拿了就走！」你就是不聽！

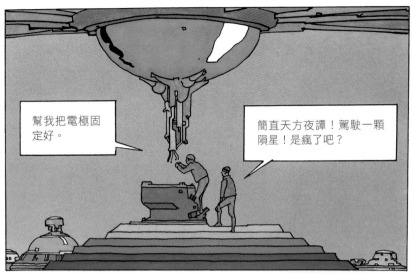

幫我把電極固定好。

簡直天方夜譚！駕駛一顆隕星！是瘋了吧？

沒錯……是瘋了，不過這是我們唯一的機會。

阿丹！快點找張彈射椅，我們馬上要墜毀了！

彈射椅！喔好、好、馬上來！

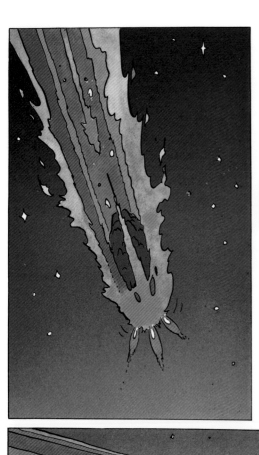

斯迪爾！

啊！好熱……

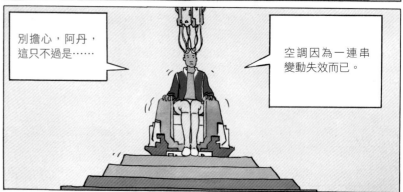

別擔心，阿丹，
這只不過是……

空調因為一連串
變動失效而已。

制動火箭都要燒焦啦！但
是我們的行進軌跡現在也
相對迴正了……預計39秒
後著陸。

這麼快？！

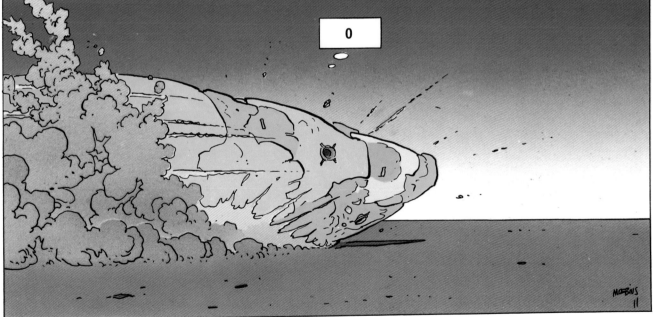

我簡直不敢相信！
斯迪爾！你成功讓隕星
落地了——噢！
斯迪爾！斯迪爾！

斯迪爾，
你真是天才啊！

根據電腦判斷，史汀羅星內部一切正
常！升降口圍罩完好無缺、轉換器也
沒事，不過阿托利斯號的情況應該很
慘……

早知道先把它固定住！
不過算了，重點是我們還活
著，第一次覺得活著真好！

好多貝類……
我們在古海洋的底部。

超爽！這裡有空氣耶，
出去不必穿太空衣——

阿丹，現在情況有點慘，阿托利斯號毀了、史汀羅星又沒反應……除非出現轉機，不然我們只能在這個鳥不生蛋的地方傻等！

不要破壞我呼吸新鮮空氣的興致！這裡該叫它什麼呢？九號球？

有轉換器的話，要待幾個世紀都行！也好啦……我們很快就會無聊而死……

夠了，斯迪爾！你是個天才、星系裡最傑出的駕駛！任何時候都是最傑出的……

但是你根本不懂得生活！所以，先停止煩惱未來的事，呼吸一下「九號球」上的新鮮空氣吧！

「無名星球」上的日落……

好奇怪……在太空裡、在飛船上我們從來不看星星……

真的！這裡是被人遺忘的所在啊……看！那邊是毗鄰星……還有蟹狀星雲！這個星球……完全與外界隔絕！

特洛羅賓的這個太空站有登錄對吧？那再過個十年……其他人總會注意到吧……

好了！我要進去了，我好餓而且開始有點冷。

斯迪爾！過來看！

這不是個普通的星球。

你說過了！不管，這樣我們就有目標了！

你有看到吧？剛才那東西一閃一閃的……後面可能有什麼玄機。

到時候就知道了。

慘慘慘！跟我想的一樣，完全毀了！不過我們的展示車應該還有一輛能用……

好吧，這邊交給你，趁這個空檔我來煮點義大利麵。

啦——滴滴嘟——咚咚！啦——
滴滴嘟——咚趴嘟——

然後來一
瓶撫慰人
心的酒！

唔，這聞起
來好香啊！

手髒成這樣也
想上桌吃飯？

嗯——好吃。

嗯——

所以？

所以什麼？

拜託，斯迪爾！夠了你！
我們到底有沒有車子可以用？
到底知不知道訊號是哪來的？

OK、OK！有啦有啦！
還有一輛——系列典藏的極品！
地球出品，美到破表！
相當罕見，相當……

重點是它要
能開！我們
明天出發！

黎明

帥!

可以開嗎?

可以吧!這是雪鐵龍的汽油前驅車,六汽缸的15CV款,1938年舊時代地球上某個國家建造的……
它可是帶領我們到世界盡頭的珍寶啊!

哇塞……裡面有一個月的補給耶,還有槍、睡袋……

我也帶了點書磚。

好,差不多可以走了。

這車還真美!

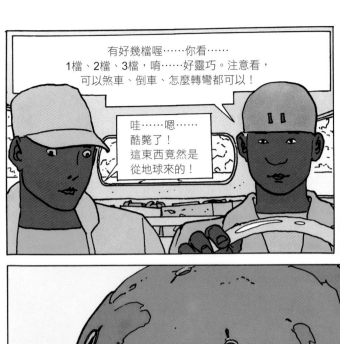

在一成不變空無一物的景色裡，里程數持續增加著……永無止盡。
但很快地，天色漸暗，夜晚降臨……

你不覺得有點怪嗎？那些訊號始終在定點……欸你有沒有帶喝的？

乾啦！

我受夠了！脖子都僵了！

好吧！休息一下……

喔！你也注意到了？昨天看到的光芒來自北極，無線電波應該也是從那裡來的！隕星的墜落、失蹤的那些人……我看這一切都有關聯！

有可能……不管怎樣，我覺得我們正接近某種……某種特別的、不可思議的東西！我等不及啦，好想快點到達目的地！你看我們運氣多好，掉在相對靠近那個「東西」的地方。

跟運氣一點關係也沒有，我之前沒跟你說，其實墜落的時候軌道被更動過，而且當時我根本無能為力……

會苦盡甘來啦！

喔！那些訊號又開始閃了，跟昨天晚上一樣！

⑳

稍晚

訊號比昨晚更強、
更複雜而且更清楚⋯⋯
好壯觀啊！

哎！我的頭！好像⋯⋯
好像有「某個東西」
「觸摸」著我的腦袋！

斯迪爾！？沒事吧？
你的臉色好蒼白！需要的話
我們可以返回隕星！

不用！沒事！

我⋯⋯我要睡一下！明天早上，
天一亮我們就上路！

這條路啊！？！

好多飛船。

這些飛船不知道廢棄多久了……
欸，你看，這裡沒有任何人類科技！

機組人員都到哪去了？

這好像我們在提利基壁畫裡看到的古代戴諾比星人。

嘖，這態勢！
我先停車再說。

歡迎來到夫塔達菲！技單地説，夫塔達菲在多摩弗語裡鰾示：球體賞的金字塔。

呃……您的迎接讓我們感到萬分榮幸……呃……阿丹，跟他説……隨便説點什麼。

嗨！我……我們是看到光束，然後……

罕我走……你們將會獲得任何你們橡要的蟹釋！

太棒了……感謝説明。

他的發音讓我很困擾啊。

應該是梭，幾乎所有你們想要的蟹釋。

從特裡！
小心！
剃頭！

啥？

喔。

特裡，因為飛喘太米集，追後就變成跟迷宮蟻樣了。

基地營刀了！

不可思議！
幾乎跟一座大城沒兩樣。

實際賞，久在你們抵達之前，我們原本有3萬3千3拜31個舉民。

好魔幻！

MŒBIUS
24

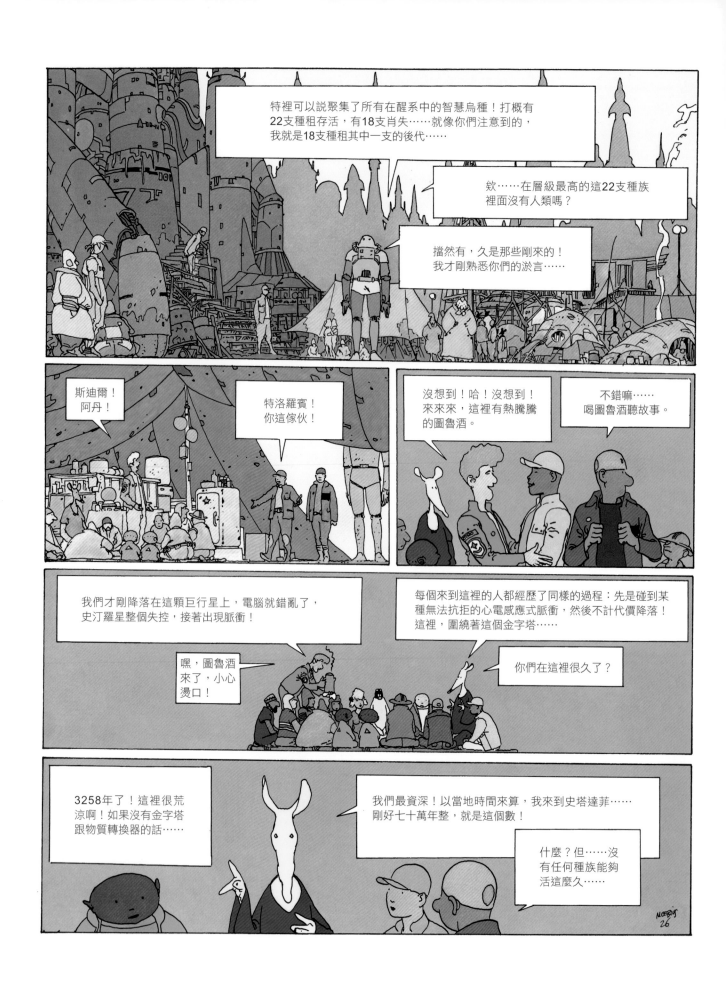

金字塔散發的輻射大概可以中斷老化過程……

這個金字塔像採集標本一樣，吸引了星系中所有智慧物種、賦予永生……但目的是什麼？

？

？

這完全是個謎啊，完全！

你的朋友怎麼了？

斯迪爾！你怎麼了？

斯迪爾！

？

他往金字塔走過去了。

別管他！他會被一道輕盈的反作用力彈回來……多少年來都是這樣！

ASTERO

數不清的生命、所有的種族都察覺到這樣的召喚！但是沒有人能夠穿越那道力場！那是一種難以理解的狀態！

斯迪爾！

MOEBIUS 27

他們為什麼這樣圍繞著金字塔？

老實說這兩個夜晚以來，金字塔周圍出現一些不尋常的活動。

七十萬年來我從沒見過這樣的事！

有些人把金字塔當成某種神出鬼沒的聖靈、某種儀式、宗教……

沒錯……不可思議的光芒、還有從來沒聽過的聲響！

而信仰的純粹重生從……嘿！你們看！更離奇的事情發生了！

斯迪爾！

你的朋友正穿越力場！到目前為止從來沒有人能越過他剛剛越過的界限。

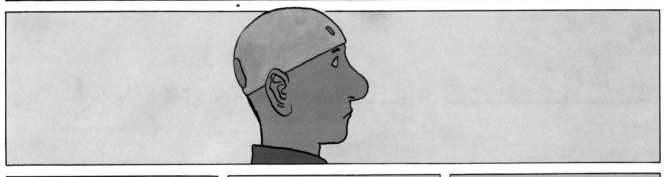

稍晚

你們覺得他會被關在裡面嗎？

從核心源頭⋯⋯我真不敢相信。

在這七十萬年之間，金字塔從來沒有引起任何災難。

竟然有這種事！

CROC

可是斯迪爾已經在裡面六小時了⋯⋯

依我看，這金字塔⋯⋯是活的⋯⋯而你朋友的到來啟動了它某種機制，

現在最好是靜觀其變⋯⋯

我個人是又餓又睏⋯⋯

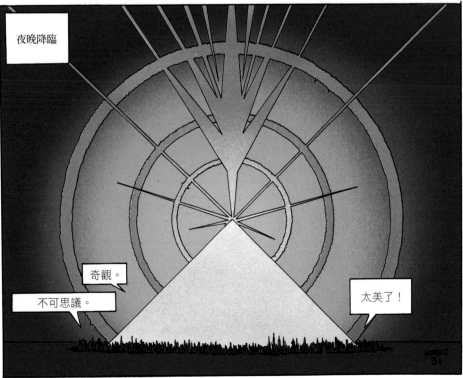

夜晚降臨

奇觀。

不可思議。

太美了！

51

紛雜的思緒讓人疲憊不堪，阿丹睡著了……

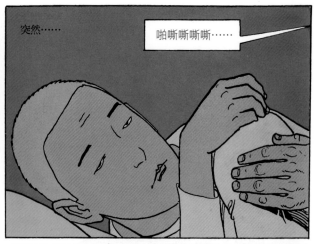

突然……

啪嘶嘶嘶嘶……

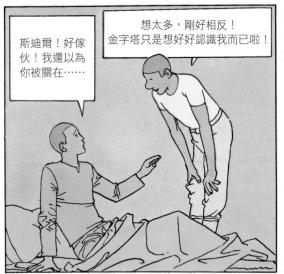

斯迪爾！好傢伙！我還以為你被關在……

想太多，剛好相反！金字塔只是想好好認識我而已啦！

好好認識你？！

對啊——她已經等我好長一段時間了，

她說很少有「駕駛員」能夠及時抵達！

及時抵達？？

嗯，金字塔其實是一艘活的飛船星，任務是載送這個星系裡的智慧物種樣本！

凱斯柯？

這的確是我們的推論之一！但是要載到哪去？

伊甸納與我們全部的人有約！

伊甸納！

啥？傳說中的天堂星球、完美的世界、藏在宇宙核心的……

就是伊甸納！

明天早上，每個人都準備好出發！

伊甸納？！

伊甸納！！

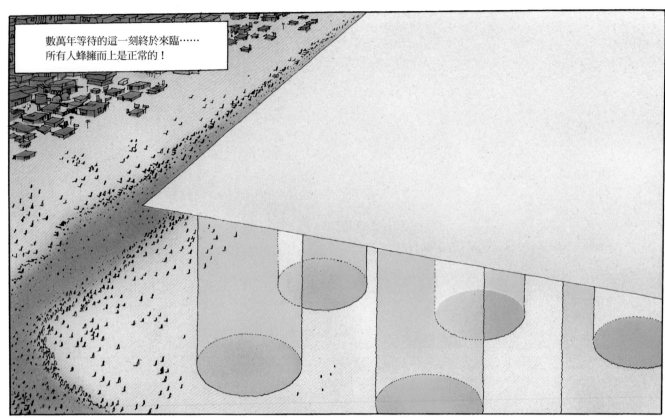

數萬年等待的這一刻終於來臨⋯⋯
所有人蜂擁而上是正常的！

然而第一批猛然衝上來的，一碰到光束
就彷彿被一股無法抵擋的上升力攫住⋯⋯

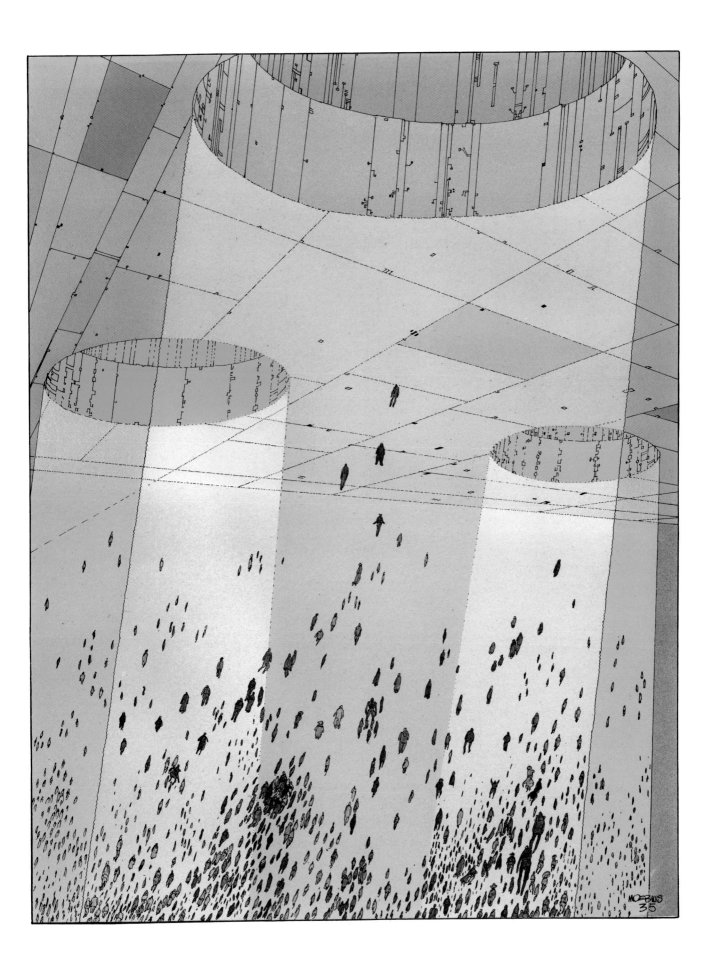

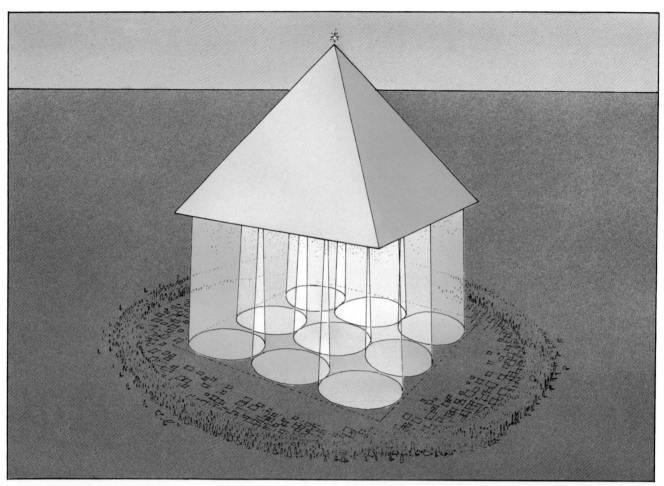

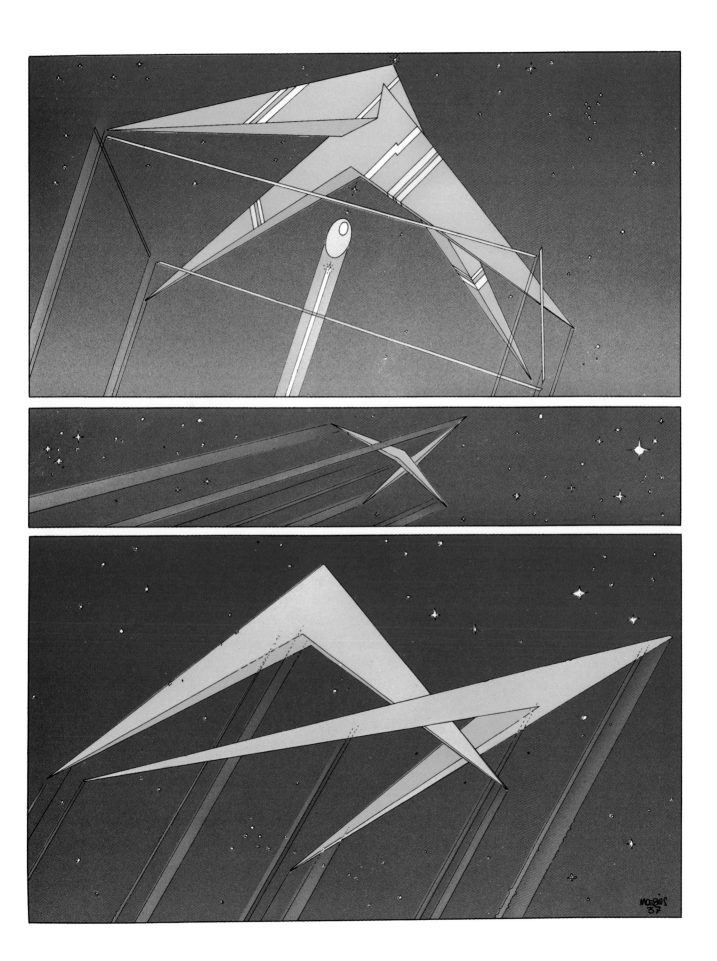

FIN

（完）

伊甸納花園

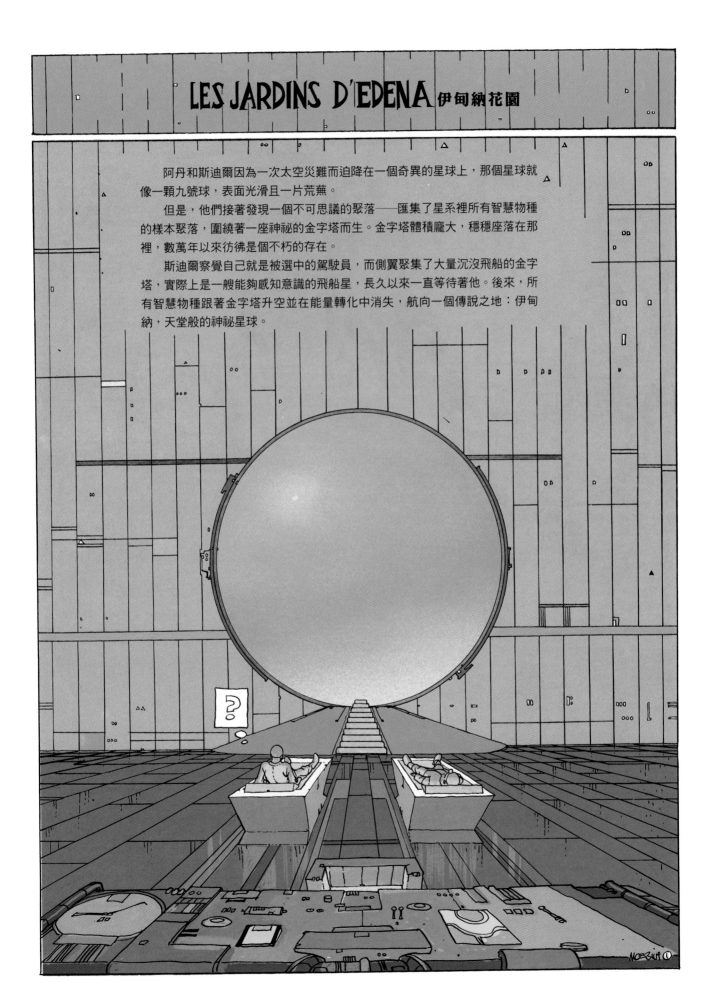

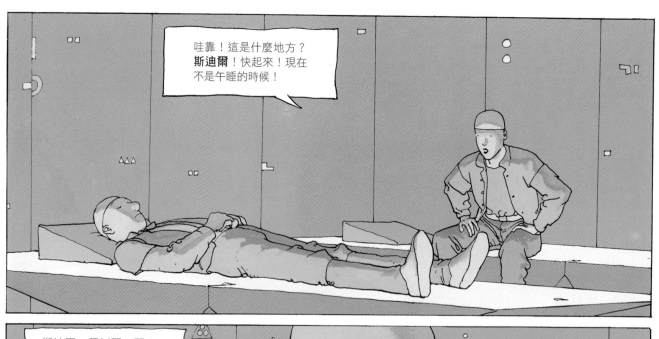

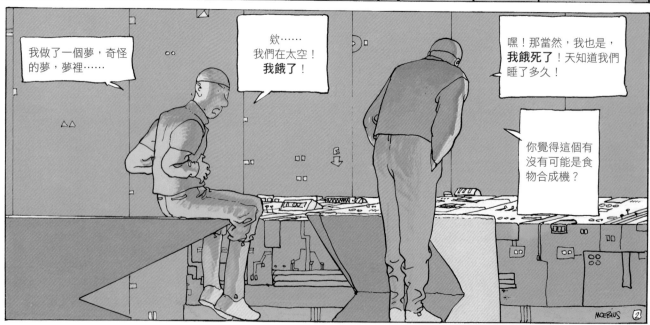

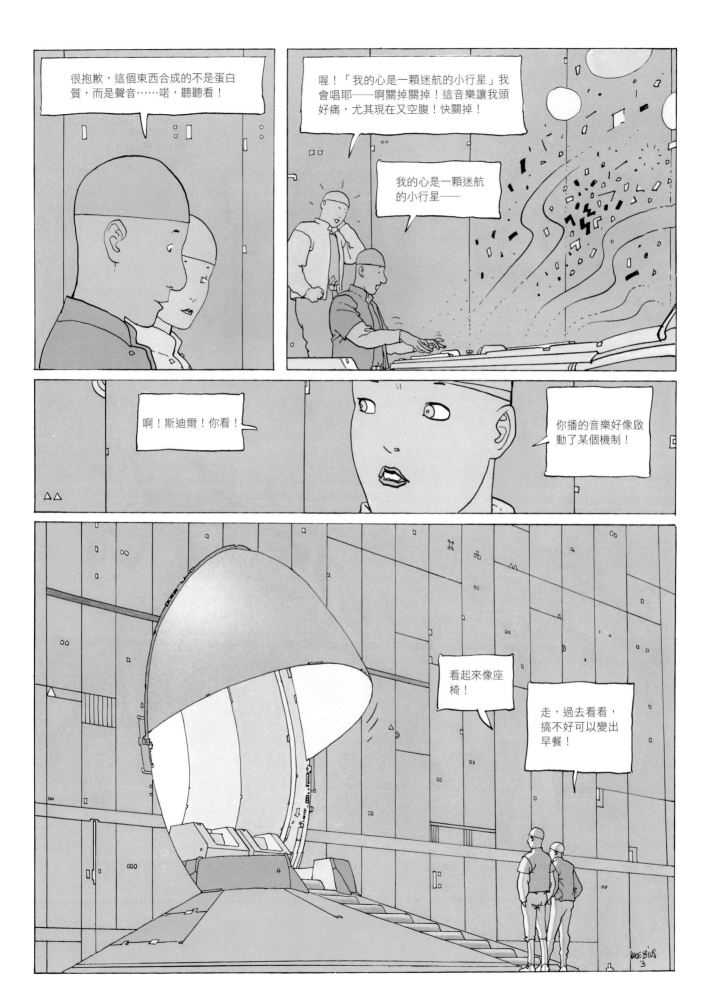

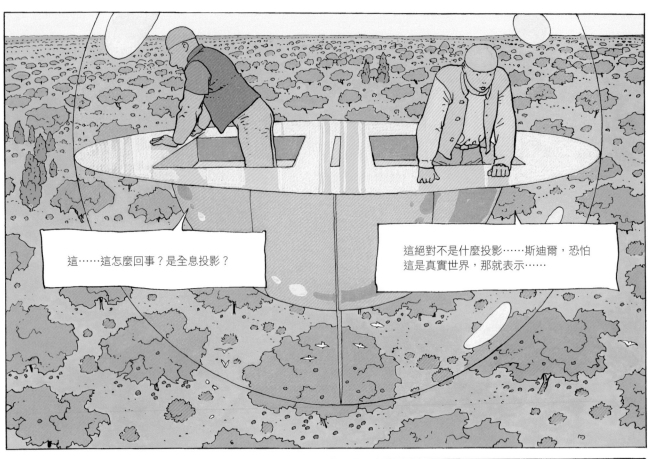

這⋯⋯這怎麼回事？是全息投影？

這絕對不是什麼投影⋯⋯斯迪爾，恐怕這是真實世界，那就表示⋯⋯

表示我們被彈射到某個不知名的地方了⋯⋯快！快按那個該死的按鈕⋯⋯我們必須回到飛船上！

我按過了，完全沒用！

那⋯⋯也就是説，我們被困住了！

這顆球似乎在下降。

等一下你就會看到它把我們丟在荒郊野外！斯迪爾，我們被困住了，完蛋了！

*斯迪爾與阿丹替金字塔所在的星球取的別名。

那當然!當時那些可憐的野蠻人沒有分子合成器⋯⋯不過那已經是超過四千年前的事了,斯迪爾!我們的身體現在一定沒辦法吸收這種食物。

而且,吃這種活生生的東西!這⋯⋯太噁心、太野蠻了吧!這⋯⋯老實說,我連想都不願意想!

好、好、好!算了算了!

知道就好,別再提了!

阿丹!

唔⋯⋯

我不敢看！

如果要我選擇餓死或是被野獸吃掉，我……呃啊……

野獸不見了！阿丹可能不合牠的胃口！

哇咧……太恐怖了！有那麼一瞬間我真的以為阿丹要被牠一口吞了！

不過，我好像在飛船的「地球」檔案裡透過全息投影看過這類野獸。

而且上面清楚記載著：史前時代危險的肉食性動物。

這到底是哪裡啊？先是那些蘋果樹，然後是地球上的肉食性動物……還有空氣、溫度甚至是重力……這都跟「地球」有關啊！金字塔到底有什麼企圖？

啊！在那邊！我看到了！

那應該是一處水源⋯⋯這傢伙無意間救了我們一命。

至少目前是這樣。

不過阿丹説的沒錯，到目前為止金字塔的作為都很正面，我也的確在水晶廳裡感受到這股美好的能量。

這條路應該可以通！

好吧！要接受事實，沒什麼好怕的，餓了就**必須**找吃的，渴了就**必須**找喝的！

比如根據星際航行的規定，在未經飛船醫學機器人詳細鑑定分析之前，不能食用任何當地的東西。看吧！這就是規定！

不過，去他的規定！

唔⋯⋯跟回收水完全不同！

如果想活下來，就必須丟開一切執念造成的心理影響。

或者像是蘋果好了！我確定它們一定是可以吃的！

搞不好⋯⋯任何樹上長出來的果實都可以吃！

我一定要確認一下！

MOEBIUS
15

唉……好猶豫！也許阿丹是對的！我們的身體構造已經改變了，歷經這麼多個世紀，人類只能靠分子合成器製成的食物維生了。

再度陷入很蠢的兩難！餓死或是被毒死。

咕——嚕

?!

浩瀚的宇宙啊！……是我的肚子在叫！？

咕嚕

算了。

跟他拚了！

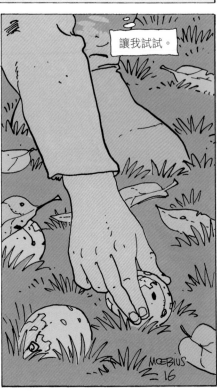

讓我試試。

MŒBIUS 16

啊啊咳咳！

呸……呸呸呸！

啊啊啊……
好恐怖！

呸呸咳呸！

呼……我從來沒想過有這麼、這麼噁心的東西！
沒被毒死算我運氣好！

所以，要嘛阿丹是對的，要嘛金字塔有毛病……這個嘛……我……咦？除非、除非，

啊！如果這個怪味道是某種訊息：
「小心！不能吃！」
那麼要是找到一種好吃的水果……嘿！

就像所有理論一樣，
需要立即的驗證！

那些蘋果樹，就是它了！我也說不上來，但那些蘋果散發著微妙的魔力，就連氣味也……

MOEBIUS
17

到了！蘋果樹──噢！萬能的天神，請實現我的願望吧！

要來啦！

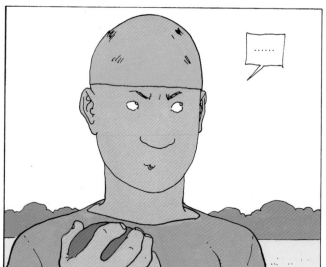

……

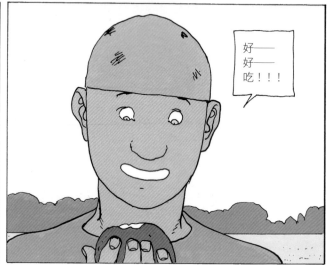

好──
好──
吃！！！

我要裝多一點，回去說服阿丹──

不用懷疑！愈紅愈香甜！

愈香甜就愈好吃！

我就知道金字塔沒有瘋！

的確很好吃！但這不表示它們就是可以吃的！

阿丹，你行行好，放下太空人的偏執！

你想想！要是金字塔自找麻煩把我們帶到這裡，目的不是把我們餓死或毒死，而比較像是一種荒野求生大考驗⋯⋯

這推論有意思，沒錯！

代表這裡是一種地球式生態系。

那野獸的事就說得通了！根據你的形容，那應該是一隻獅子，古地球上已經消失的物種，事實上是可怕的掠食性動物。

你認為我們可能被金字塔傳送到過去的地球上？

我不相信地球有過這樣的花園、照料得這麼好的樹林、修剪整齊的草坪！不可能。依我看，這個為我們量身打造的地方，就是把金字塔放在九號球上的那群人幹的，老實說我迫不及待想見到這群神祕的發起人！

我也是！

看見沒有？夜晚降臨了！

看到了⋯⋯天空美得像一幅全息投影！

我想我要睡了！多虧生物植體讓我退了燒，不過我也虛脫了！

那我負責守夜！萬一獅子又來鬧場！

肚子翻攪個不停……我快被這些蘋果害死了！噢我願意付出一切，給我來點剛從合成器拿出來，那熱騰騰又美味的B17就好！或是焦黃的奧姆蛋……或是……對了！可口的小燒嗲。

Z...Z....

啊小燒嗲！淋上厚重的比埃斯，還有振奮人心的可口可樂膠囊！還、還有……有ZZ……還有炸利格茲！唔……炸……ZZZ

Z

Z

我不曉得，但我發現身體好像不需要了！這是一種感覺……有點像我面對引擎然後……

太荒謬了，斯迪爾！我很願意吃這些「蘋果」、喝這些水、呼吸這些空氣……你就別再得寸進尺了！

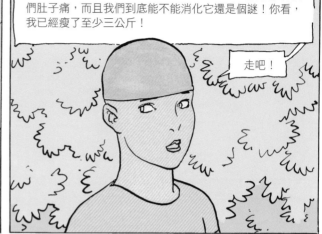

有什麼比得上科技產物，你清楚的很！這些「蘋果」害我們肚子痛，而且我們到底能不能消化它還是個謎！你看，我已經瘦了至少三公斤！

走吧！

上——路啦！

愈走愈開闊……

休息一下，我沒力了。

我想沿著這條河一直走到出海口，你咧？

要是真有海的話！你還記得在「溝爾巴」那個瀰漫著沼氣的海吧……

阿丹，你覺得你自己算是個健康的人嗎？

我的身體處在非常標準的狀態，當然多少有些小毛病，但又如何？

沒錯！但又如何？在飛船上有醫學機器人——OK——那你現在幾歲？已經做過幾次器官移植？

這個嘛……我23歲，移植的話……30幾次吧，其中有7次是心臟移植，怎麼？

我今年32，做了超過60次，其中有18次心臟移植！你看，這稱得上健康嗎？

MŒBIUS 26

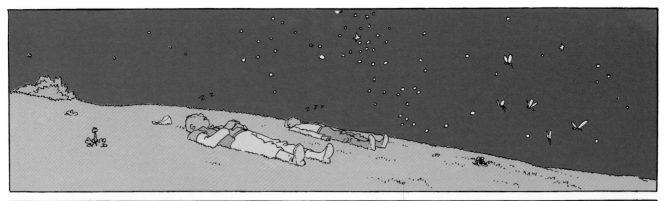

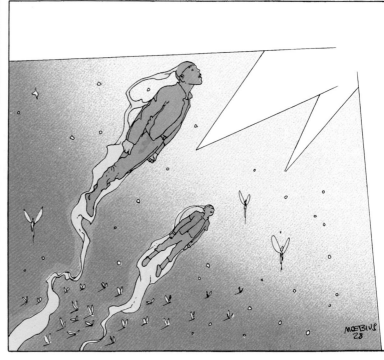

呀！搞不好是昨天我們吃的東西，那個什麼「香蕉」讓我們產生幻覺！

有可能！這樣我昨晚做的夢就說得通了！夢裡我跟著這個小仙子飛上天……而且剛剛她看著我，彷彿知道這一切……

我快被煩死了，我很願意一直走、走、走到這個星球的盡頭！但這樣下去應該會先瘋掉……不行！

什麼啦，阿丹，沒人會發瘋啦！

喂！你發什麼神經？

我們可能時不時就會看到小仙子！這樣而已，沒什麼好緊張！你看，我們還活著，而且比任何時候都還來得健康……

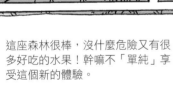

這座森林很棒，沒什麼危險又有很多好吃的水果！幹嘛不「單純」享受這個新的體驗。

也許你是對的……好吧，我們繼續走。

只是我對於「單純」的事都很小心。

是啦，你只要「單純」小心這一切就行──

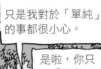

啊！看到了！我就知道之前聞到的是水的氣息！

NO-B1119 31

唔——這澡
洗得……

真是太舒服了！

超讚！
看看這這陽光
——陽光啊！

咦？斯迪爾！你有沒有發現，我們
到處都有毛髮長出來啊？

發現啦——沒吃每天固定劑量的
荷爾蒙，當然就長了！

我覺得這狀況
不太妙！

嘿嘿！不然咧？這裡又不比
飛船，我們頭髮要長多長就
多長，其他地方的毛也是！

而且，這毫無控制的飲
食還會造成其他後果！

其他後果？

你看，我們的身體變了！
像你，我覺得你……怎
麼說……你的身材有一
點……欸……

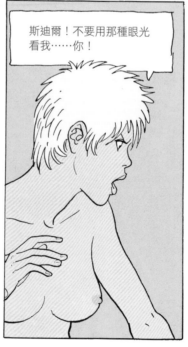

斯迪爾！不要用那種眼光
看我……你！

至少你應該不會……喂！
斯迪爾！你、你很噁心！

MŒBIUS
'82

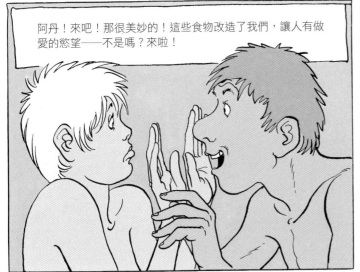

阿丹！來吧！那很美妙的！這些食物改造了我們，讓人有做愛的慾望——不是嗎？來啦！

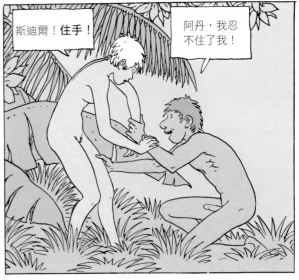

斯迪爾！**住手**！

阿丹，我忍不住了我！

斯迪爾，是你逼我的！

哎喲！

你瘋了！

哈哈！我會抓到你唷！

斯迪爾！

抓到了！

嗳……不要想這麼多，阿丹！享受一下嘛！

下流！混蛋！

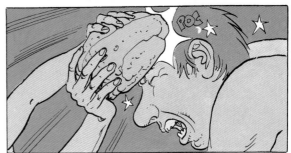

現在你可安靜了吧！

但這能維持多久？同樣的情況一定會再發生……唉，天哪……我只剩一條路可以走！

MOEBIUS-33

阿丹：
我在找你，
我在這裡等了
六天，接下來
會沿著河流
走，我們在海
邊碰頭。

我很後悔對你
那樣。

　　　斯迪爾

是魚！

生的！新衝擊！要是被我那些弟兄看
到，一定會把我抓去RT＊，強度4，而
且不打麻醉！這魚看起來的確不怎麼
樣，不過……

超鮮甜！而且超……唉，阿丹
呢？唉，他一定想把我宰了！
不過動手之前，他可以先告訴
我地球上怎麼稱呼這……

阿丹……

＊誤失矯正儀。

111 | 伊甸納花園

你太大意了，斯迪爾，你竟然就這麼睡著。

這麼靠近野獸正好當牠的晚餐……還好，我們幫你把牠引到別處了。

嘎？什麼？

跟我來！

有個你認識的人想見你。

欸……你是誰？怎麼知道我的名字？

我是布吉，因為你來自星之界，所以我曉得你的名字。

嗯……布吉？那……認識我的人是誰？還……還有……我的天，這、這是一間房子？怎麼可能？

這是我的房子，裡面有個認識你而且你也認識的人在等你，不過你現在只知道高興，時候未到還參不透其中道理。

好、好，問題是在這裡除了阿丹我沒認識其他人，但是阿丹……

但是除了愛你且你愛的女人之外，你還認識誰？

MOEBIUS 38

你的話很難懂耶，如果真是阿丹，你幹嘛說是個女人。阿丹不是……呃，阿丹他——啊！我、我的天……

沒錯，你必須在炫目的光芒中看見真相，阿丹在這裡、在屋子裡……她是你的愛人。

把我擊昏以後逃跑消失的愛人。

這個女人正在蛻變，一開始她攻擊你，爾後便想親近你……重點不在於理解而是享受歡愉！去吧！斯迪爾，去看看阿丹的愛是多麼溫柔！

夠了！你是誰？夠了沒？你從哪來的？這個星球原本一個人影也沒有，你卻突然冒出來！

荒無人煙未必是空，必須尋找、前進、摸索、打開雙眼……彷彿探測一個未知的機器……你應該明白我的意思！

你是誰？

去吧

去吧！小心夢的影子。

MOEBIUS 39

斯迪爾！
我的愛
——

我們終於又見面了！

你變好多。

阿丹！是你！這簡直太不可思議了！

你也是，你變了！噢！斯迪爾，我真後悔當初逃跑！那行為太愚蠢、太傻了！

不，阿丹！一切都是我的錯。

別再想了！噢，斯迪爾！我……我好幸福！

幸福？！啊，真的你……你是個幸福的……女人！

是的斯迪爾，真正的女人……而我是如此瘋狂地愛你！

唔……

斯迪爾！來！來做愛吧！

阿丹娜！

MŒBIUS 41

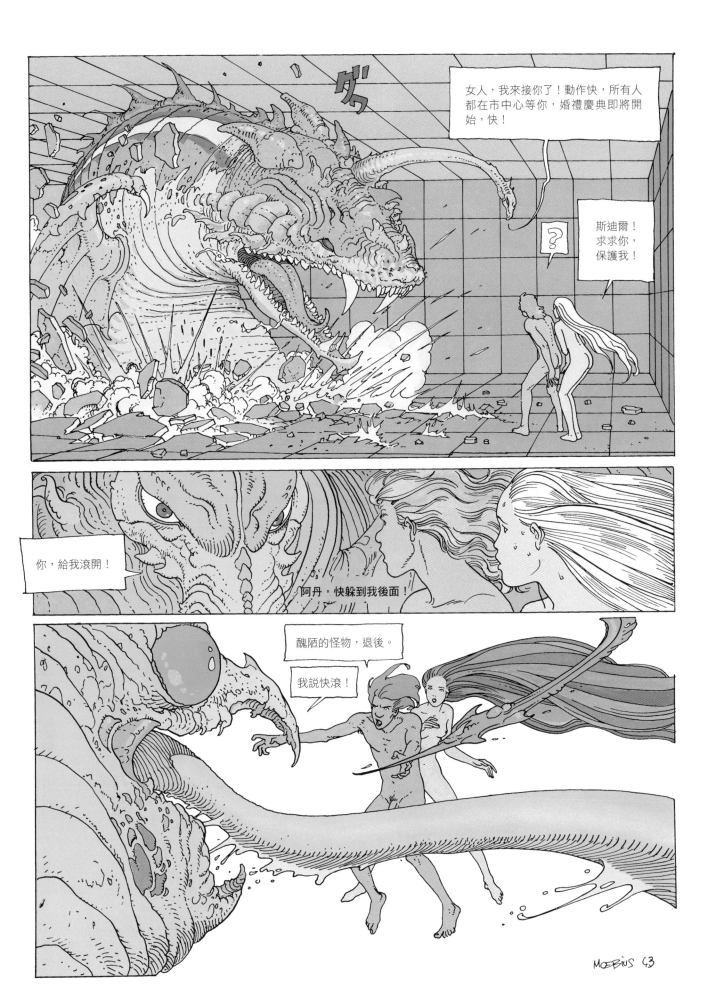

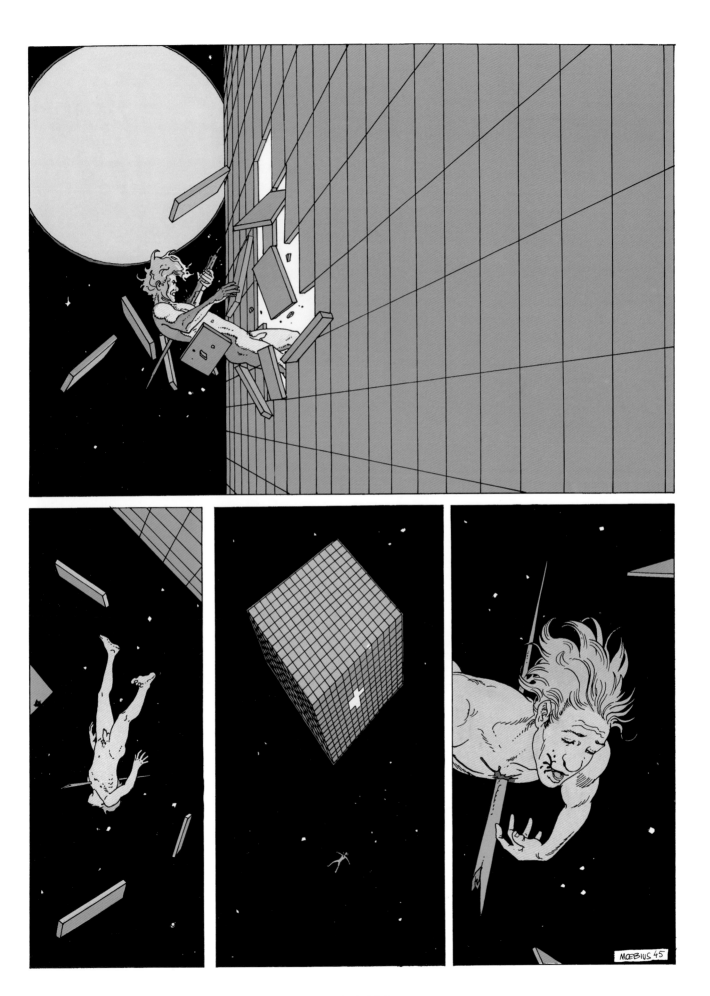

斯迪爾，
站起來！

嘎！？
這是怎麼一
回事？

斯迪爾，你仍然在等待獵食
的野獸附近昏睡。

布吉大師！我……啊！所以
那是夢！我的天……怪物！

是的，我想你遇到了夢的影子！

布吉！

我們曾經教過你將夢的影子轉換成耀眼
光明的方法，你卻忘得一乾二淨。你還
沒有完全醒來！停止活在現實的反面
吧，否則你的雙眼將會永遠被蒙蔽！

這些話太深奧我完
全聽不懂！哎！
靠！我受傷了……
好恐怖的經驗！

喂，你要不要看看
那怪物多殘暴！

你受了傷並察
覺到痛苦，但
你的愛人呢？

阿丹！你說得對！她還在裡面被怪
物控制著，布吉！幫我救她！

MŒBIUS 46

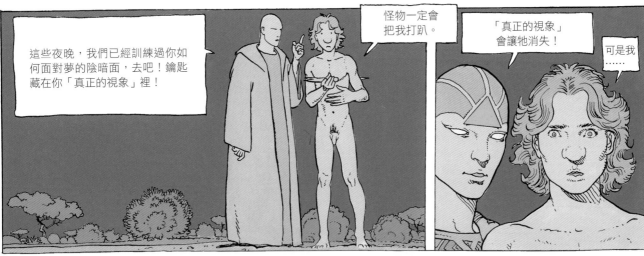

這些夜晚，我們已經訓練過你如何面對夢的陰暗面，去吧！鑰匙藏在你「真正的視象」裡！

怪物一定會把我打趴。

「真正的視象」會讓牠消失！

可是我……

你的光明之使早已透過伊甸納無數的精靈把「真正的視象」傳授給你了。

阿丹！

阿丹娜！

MOEBIUS 47

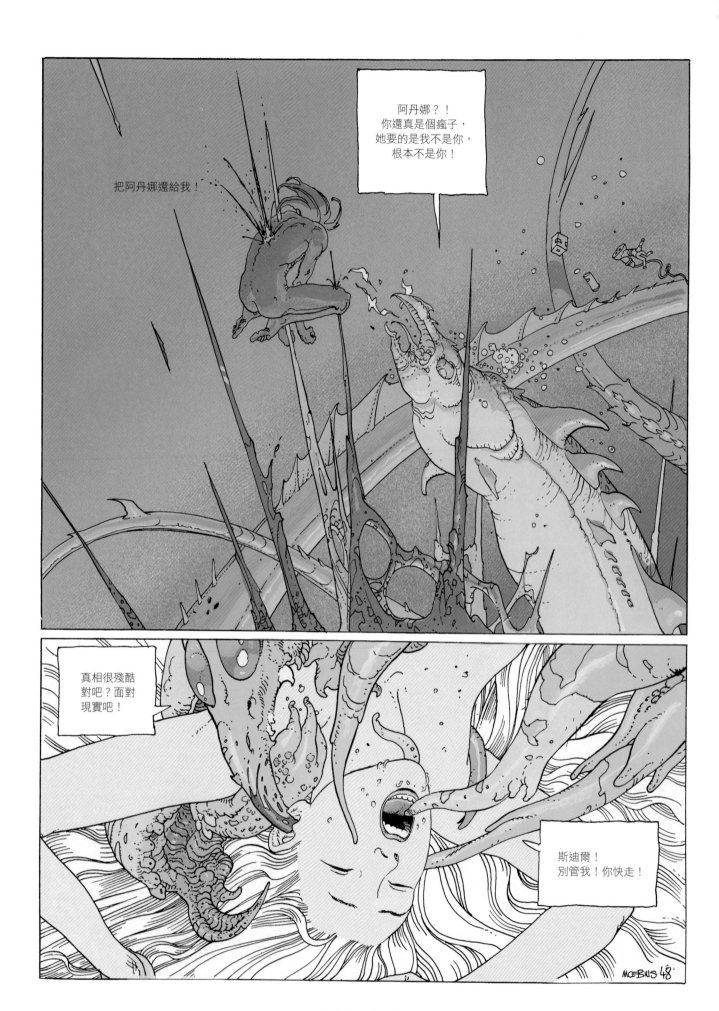

所以這趟花園之旅究竟對我傳達了什麼？祕密？還是顯而易見卻徹底被掩蓋的某種東西……到底布吉大師所謂把夢的影子轉化成……

將我的雙眼永遠封印……

我要將你的雙眼永遠封印！

靠！我明白了！！

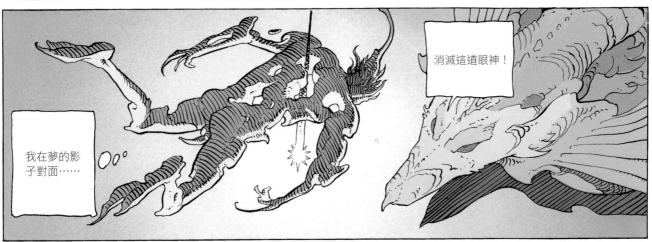

我在夢的影子對面……

消滅這道眼神！

鑰匙……我自己就是開啟光明面的鑰匙，但是……我得從夢裡醒來。

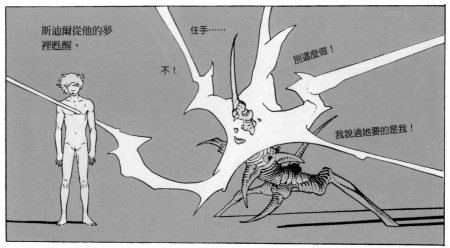

斯迪爾從他的夢裡甦醒。

住手……

不！

別這麼做！

我說過她要的是我！

渺小的人類！

不是你……

再見！

再見了斯迪爾！哈哈，我們另一個現實再會。

我會想辦法殺掉你的，渺小的人類！

MŒBIUS 49

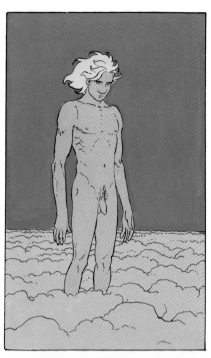

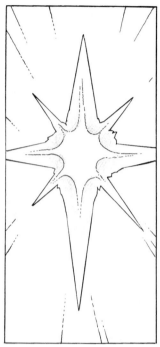

獅子。

走了！消失了！媽呀——所以這一切不過是個夢，一個夢！但這一次，我全部記得！

布吉……奇特的傢伙！我打敗了怪物！我戰勝夢的陰暗面了！

阿丹……阿丹娜……一切是那麼真實，她的吻……噢——她的吻！

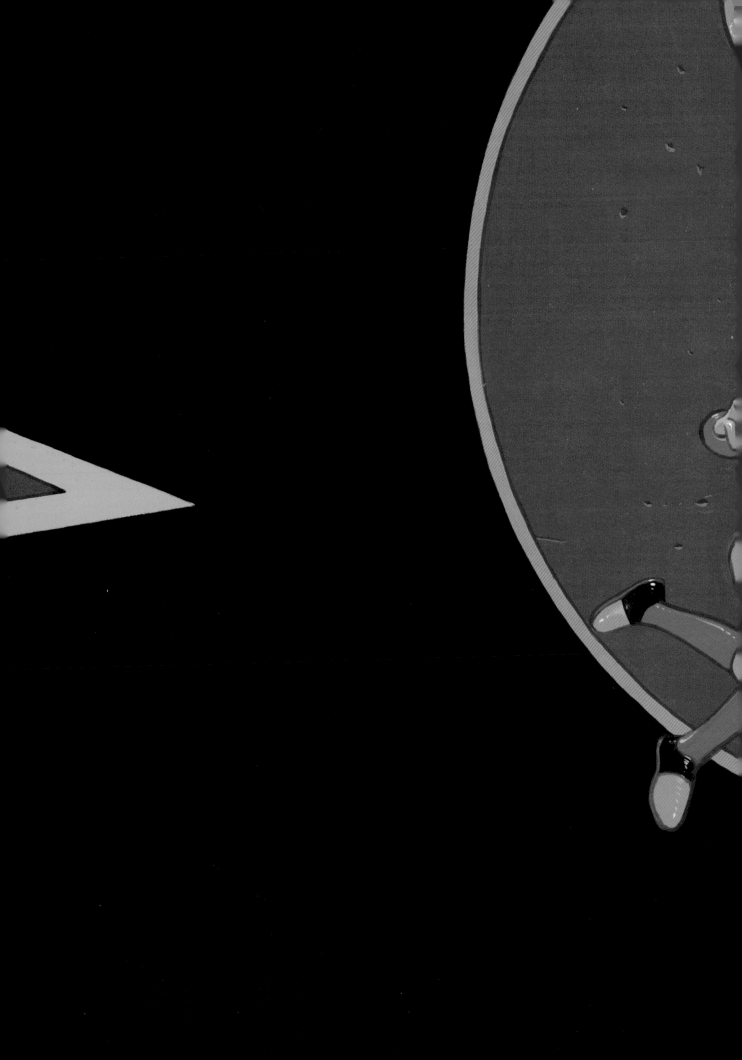

女神

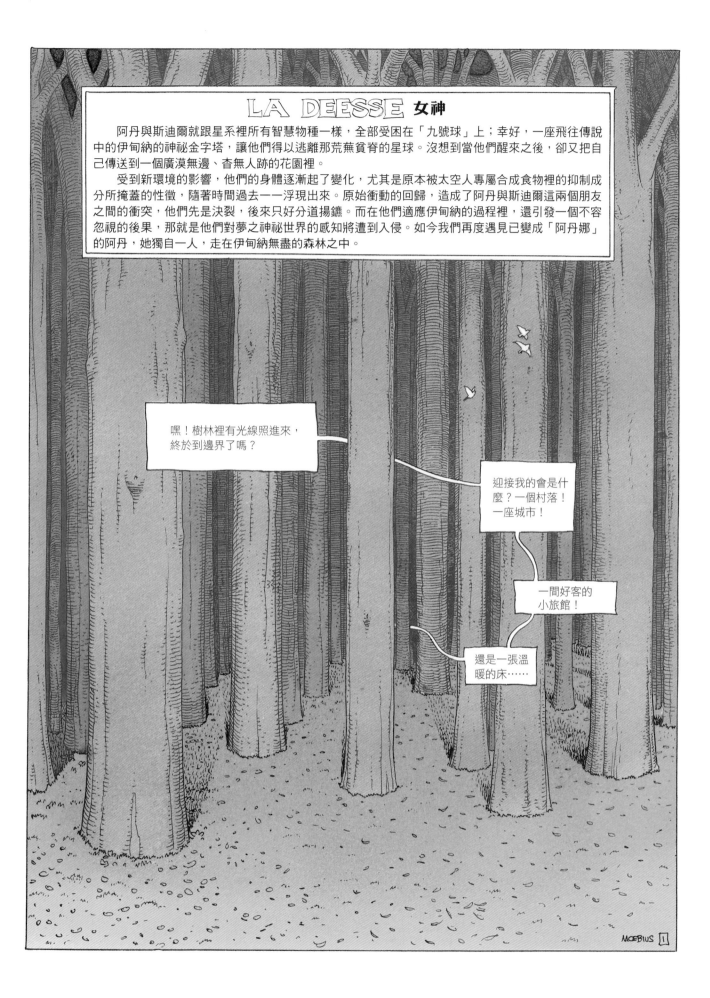

這爆炸……應該不是自然現象。

但是這也代表……

我在這座荒僻森林裡流浪好幾個月了，而且……

我必須找出答案。

答案

夜晚之前我無法到達那裡。

會遇到誰？遇到什麼？

我幹嘛自言自語。

朋友？敵人？人類？異族？

總之，我必須小心行事！

不！應該會遇到人類……友善的人類吧！也許會有探索者將我帶到他們的飛船上，然後把我載回文明之地──拉札蘭。

可是斯迪爾……我不能拋下他！我必須說服他們在離開之前，把這片受到詛咒的森林仔細搜一遍！我一定要……

可惡！我在胡思亂想什麼。

最好是睡一覺！誰知道明天會怎樣。

斯迪爾！

我不能拋下你，斯迪爾！
把你遺棄在……

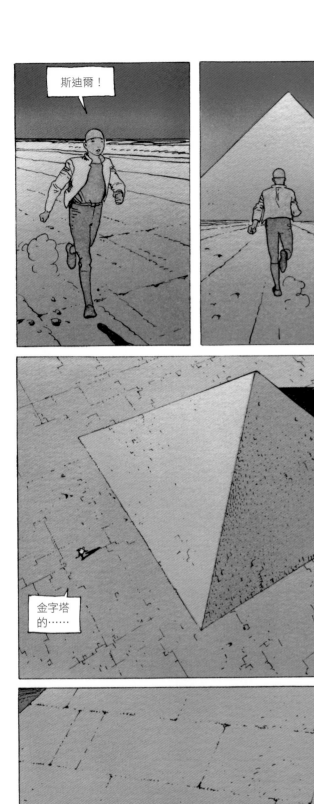

金字塔
的……

核心……

我就知道你
在這裡！

斯迪爾！我來找
你了！快！救援
的飛船等著你還
沒離開！

不！你，上來！你會明
白的，從此一切皆在完
美掌控之中。

下來！快！

位置很大，兩個人坐綽綽有餘！

上來！來吧，我們可以……

舉行婚禮！

?

舉行婚禮！？我不懂！你説的是什麼婚禮？

哈哈！你意想不到的……

因為，你想要的人是我，

不是嗎？

河流。

……這不是沮喪的時候。

只要跨過河，應該就可以在一個小時內到達剛才爆炸的地方，

找到想要的答案！

我的天！

往前走，脫巢者！不要杵在原地！

…

看來他從來沒見過反重力登陸艇！快點，走啊！

推他！給他一棍。

怎麼回事？

啊……是你！

噁心的脫巢者，半人半獸！

必須消滅他。

殺

還不殺了他？

來吧！

消滅他！

揍一頓！

等什麼？

打！

TOM

我把他殺了？

沒有，你看他還在呼吸。

看看他頭上這些不可思議的毛！而且沒有任何防範鼻瘟病的保護措施。

喂！拿一塊防感染的帆布過來。

遵命。

我寧可把他殺了！

這就對了！靠近一點！

MOEBIUS

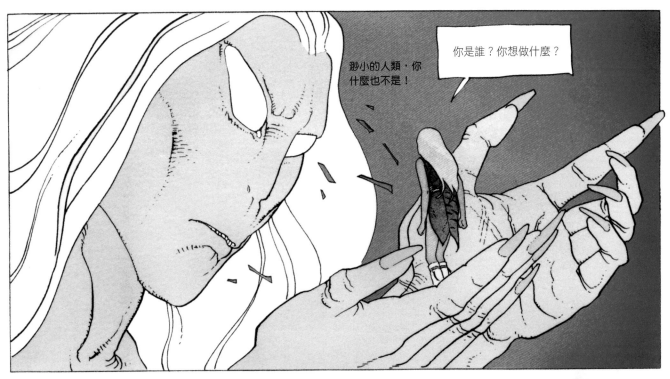

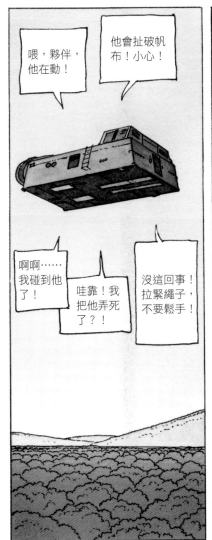

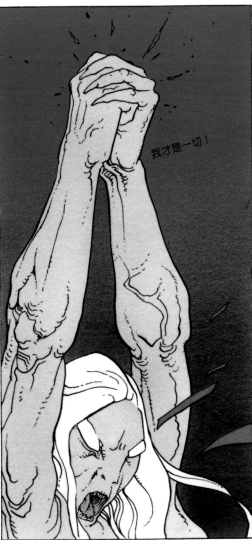

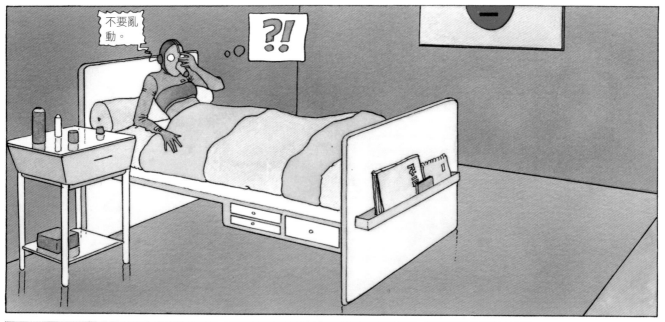

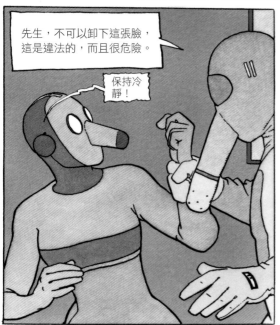

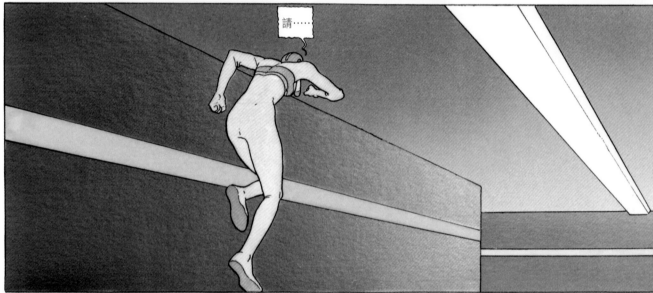

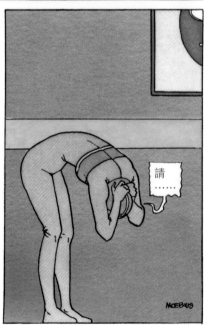

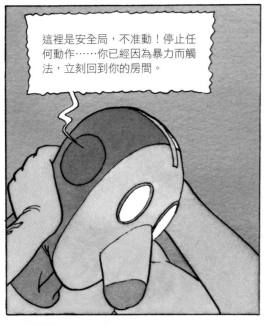
這裡是安全局，不准動！停止任何動作……你已經因為暴力而觸法，立刻回到你的房間。

若不服從，你將會受到嚴厲懲處……

呀砰……
赫……

你知道嗎，後來我試著反省那些行為，

嗯……這真是個永恆的課題。

過去那些錯誤……

我喜歡讀所有這些……

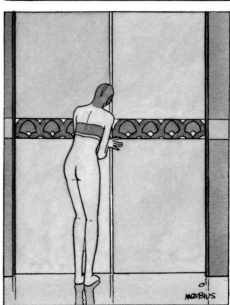

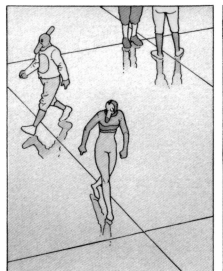

全體巢居者請注意，請大家留在原地，安全局將進行身分查驗。

停止任何動作！

接受身分查驗！

就是他！

MOEBIUS

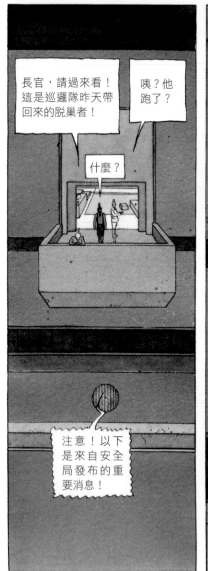

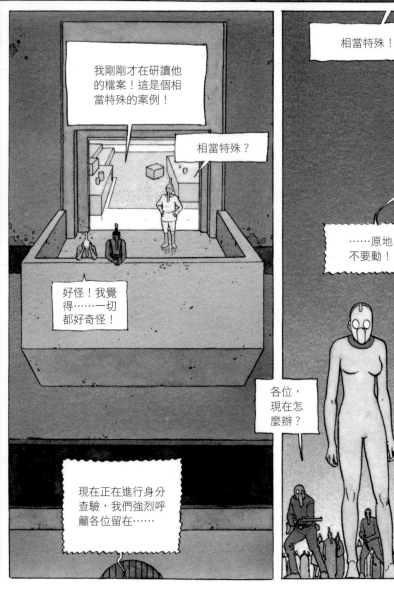

他被捕了！

接下來該如何處理？從巢城創建以來的檔案裡沒有任何類似的案例……

我們絕對不能冒任何風險……他被抓的時候既沒有臉，又身在原域，他很可能是無數致命病毒的帶原者！

安全局的醫學報告才讓我擔心……這個脫巢者擁有的各種性徵，根本沒人見過！

大錯特錯、大錯特錯。

您忽略了金字塔之書，裡面可是清楚記載了有性徵的物種，長官。

哼……那些都是空談、神話和妄想。

會不會……我，我認為……

然而金字塔之書的起源是毫無爭議的，我們和其他……

？

哈——啾……我認為……啊啊！長官，

啊我的……啊我、我好難受！我……赫啊——

太慘了。

嗯……我擔心恐怕…

HHHAAAAROINNNK!!!

厄運的詛咒！

鼻瘋病。

MOEBIUS

全體請注意，我們仍然強烈呼籲在這個大廳的所有巢居者留在原地不要動。

待命！

怎辦？

你知道鼻瘋病會讓人瞬間發狂……除了通知安全局沒有其他方法。

喂！小心！

留在原地不要動……

等等！

……強烈呼籲，

在這個大廳，

感染防治小組隨後就到……

什麼！

嘎！

哇！

喂！

BLANCHH

他寧願跳樓自殺！真是可怕。

嗯……很可怕，但每個人都知道鼻瘋病不時會從臉部侵入……啊，我想有人在呼叫我了！

鈴——

喂，我是，沒事，一切正常……沒錯，在這起墜樓事件之後可以想像！嗯當然。

是的我親眼看到……一位巢居者突然鼻瘋病發作！然後自己跳……呃，從陽臺失足跌落……沒有！好的……啊，脫巢者？把他帶到關防協調中心……我馬上到！

我必須走了，幫我看好這個怪物脫巢者。

如何說是怪物？在書裡多次提到他這種……

注意你的用詞，夥伴……那本書是被帕坦禁止的，不論擁有者或是引用它的人，都會被視為築巢法的破壞者。

有道理！我很抱歉！

我先走了，等到情勢穩定，改天我們再來喝一杯。

慢走，長官。

要是這傢伙說的沒錯？不！不可能！如果是這樣的話……不……

我得到帕坦那裡核對一下資料……由他來決定這究竟是怪物還是神。

好！修好了！現在他聽得到我們講話了！

很好！

感染防治小組隨後就到……

很好！喂！你！說話啊！說個幾句。

呃……我渴了，而且肚子餓……

等一下。

喏，一份瑪瑞爾和250c.c的黑諾汁，快吃！協調官就要來了，他有問題要問你。

?

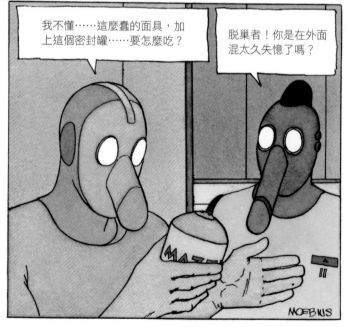

我不懂……這麼蠢的面具，加上這個密封罐……要怎麼吃？

脫巢者！你是在外面混太久失憶了嗎？

MOEBIUS

那你是怎麼活下來的？你們這些在外面的脫巢者，沒有任何真正的食物……

?!

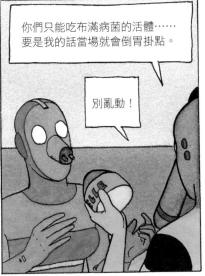

你們只能吃布滿病菌的活體……要是我的話當場就會倒胃掛點。

別亂動！

這樣不是比較方便嗎？省得像動物一樣，還要爬到樹上……

呸……好難吃。

嘿！

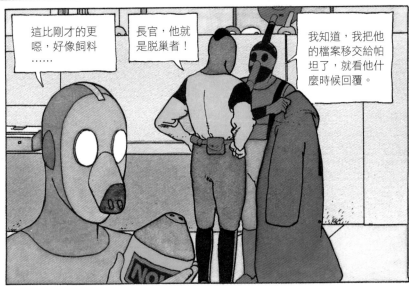

這比剛才的更噁，好像飼料……

長官，他就是脫巢者！

我知道，我把他的檔案移交給帕坦了，就看他什麼時候回覆。

嗯，這個嘛……

您的案例很棘手。呃……先生，沒有任何身分證明、沒有任何紋身標記、檔案上也沒有任何關於您的記載……那麼，你是誰？從哪裡來？

我叫阿丹娜！阿丹娜·莫利哥德，27歲……

我出生在加因紀的拉札蘭，不過我是獨立太空協會的成員，我嚴正**抗議**你們對我的任意逮捕、不當拘留，而且我要求你們**立刻**替我卸下這個恐怖的面具，連同這個荒謬可笑的**巨鼻**！

嗯哼

MOEBIUS

不可能。

這張臉是我們對抗可怕的鼻瘋病唯一的防護罩，而且，暴露軀體是絕不容許的，那可⋯⋯以說是⋯⋯

不當舉止！不正確的！

長官！？

簡直不可理喻，究竟⋯⋯那麼我們、我們在哪裡？你們又是誰？為什麼？我的意思是，這一切究竟怎麼回事？

稍安勿躁。

帕坦要與您通話。

真是不可理喻！太荒謬了！我必須想辦法逃走。

逃去哪裡？

是，帕坦？

是的，他清楚地說她27歲。

是的。

是，請說。

我⋯⋯不舒服！

我必須逃！逃⋯⋯

天哪⋯⋯這可怕的幻覺還要糾纏我多久？這個惡夢般的女人。

MOEBIUS

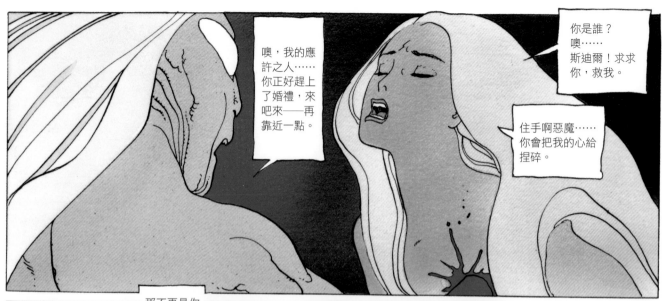

噢，我的應許之人……你正好趕上了婚禮，來吧來——再靠近一點。

你是誰？
噢……斯迪爾！求求你，救我。

住手啊惡魔……你會把我的心給捏碎。

斯迪爾？

那個弱小的人類早就不在了，他向我挑戰過……

那不再是你需要的！

你們的夢已經潰敗了！

你在做什麼？

好痛苦……

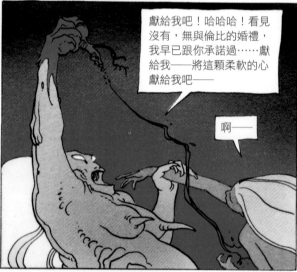

獻給我吧！哈哈哈！看見沒有，無與倫比的婚禮，我早已跟你承諾過……獻給我——將這顆柔軟的心獻給我吧——

啊——

你要的人是我，難道不是嗎？

很抱歉先生，我們沒有呼叫任何人！

但是電報上清楚寫著：

「請盡速到東北門孵育總部。」

所以我們白跑一趟了！？

我很抱歉，先生。

這誤報是怎麼回事？真是莫名其妙！

還是說另有隱情。

嘿，你這話什麼意思？

也許有人企圖把我們引開實驗室，欸……只是假設。

幹嘛把我們引開？實驗室裡又沒有值錢的東西……

除了脫巢者的屍體之外……

有可能，最好趕快連絡協調官。

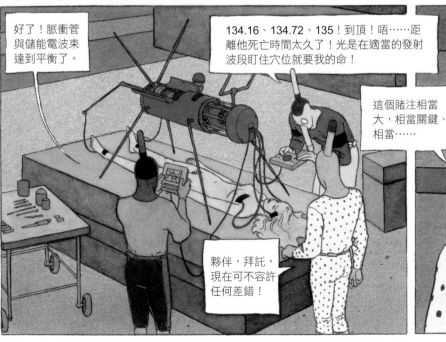

好了！脈衝管與儲能電波束達到平衡了。

134.16、134.72、135！到頂！唔……距離他死亡時間太久了！光是在適當的發射波段盯住穴位就要我的命！

這個賭注相當大，相當關鍵、相當……

夥伴，拜託，現在可不容許任何差錯！

嘿！你們聽！怎麼回事？你們有沒有聽到什麼怪聲音啊？

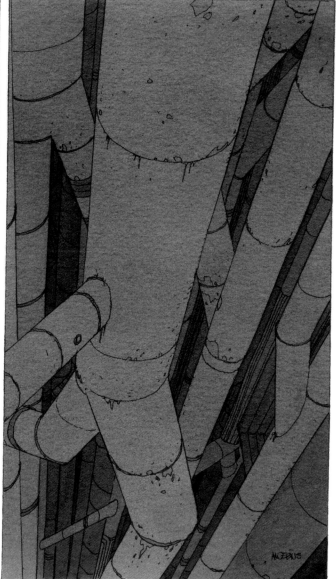

謝謝，先生。

我虛脫了！你知道
我們在哪裡嗎？

不曉得！咳——
呸！巢底深處的
某個地方吧！

這裡的味道太可怕了！
你聞得到這惡臭嗎？

氣味？
呃，沒有……
我不知道你在説
什麼！

嘿嘿

嘿嘿！她的意思是這裡聞起
來像屎！嘻嘻！而你，你還
沒法用你那可悲的鼻啪聞出
來咧！嘻！嘻！嘻！

?

?!?

嘻嘻嘻！但是美人兒沒有鼻啪呀她，嘻
嘻！別擔心啊美人，這屎味呢，是我們最
快就能適應的，嘻嘻嘻……

總算出現一
個有人臉的
人類了。

也就是説呢，嘻
嘻！一切都會習
慣的，嘻嘻！是
的，一切。

呃……你知道怎麼
離開這裡嗎？

嘻嘻，離開？
想去哪？

卡法多！幹！我們
真的在巢底深處。

的確！我能
去哪裡？

你怎麼會落得這般下場？沒有
臉……好……好噁心！

嘻嘻！如果想活著
走出這裡，最好學
著對卡法多禮貌點
啊，年輕人。

其他兩個人呢？
不用找他們嗎？

呸……那些沒
用的傢伙！

他們在無盡的通道裡迷路……在遼闊的巢底深處遊蕩失
散了，呃……卡法多先生，您能不能帶我們到出口呢？

出口！嘻嘻嘻！鼻啪人滿腦子都是這個念頭！
嘻嘻嘻！到了這裡！就只想著要離開！

夠了！我只想
離開這裡，回
到森林。

森林？你是指
「原域」嗎？
多可怕啊！

走吧，我們除了跟
著這個卡法多以外
別無選擇！

快來吧！

嘻嘻

進來吧——
沒什麼好怕的。

嘻嘻嘻！美人兒！
我們到啦——別這
麼害羞，卡法多不
會咬人！

這……這個孩子！

他是無害的，他不
過是個卡法多！而
且搞不好連我們也
看不到！

他是瞎子，實驗槽的殘留物……
我們卡法多失敗的複製人，我們
甚至懷疑他是怎麼……

沒什麼好
怕的。

嗡

什麼事？屍體解剖的結果如何？他們之中有人是脫巢者嗎？

不，長官，有兩個叛徒使他復活了……脫巢者現在應該消失在數百個卡法多出沒的巢底深處。

立刻派出安全局巡邏隊，帕坦要求用一切手段抓回叛逃者。

還有，帕坦強調只要看到他就開槍，毋須先行警告！把命令傳下去。

真詭異……這樣的憎恨究竟為什麼？

你是誰？這怎麼一回事？

我陷在一個臭氣沖天的洞裡……而且……

不必害怕，我們會在這裡是因為我啟動了夢視象！也因為夢視象，我才能從你一抵達伊甸納就「看著」你！並等待「情境」讓我們相逢。

我經常來這裡，我喜歡這棵花朵盛開的樹，我看過你在樹下睡著，那時你的同伴還在。

這又是幻象！那個可怕的女人又要來了！

不會！我只不過是個瞎眼的小孩！

是個「失敗」的複製人，就像那個老酒鬼哲學家說的！來，我帶你去一個好玩的地方，就在附近。

好吧，趁我還沒有徹底崩潰……既然你看起來信心十足。那你告訴我，我們在哪裡？那些帶著滑稽面具的生物是什麼，為什麼他們想殺我？

我並非無所不知……不過我也不是真的看不見，我只是無視世界的荒謬。

噢！現在又來世界的荒謬這一套了！

好吧，我只知道「巢穴」是在一千年前，由一群被隔離的人類所創造出來的。至於他們來自何方？說法很多……迷航的飛船，潛逃、放逐或是被遺忘的罪犯……其中一個鮮為人知的版本則是最奇特的……

金字塔？

是的，這些人應該是被一艘如假包換的飛船載來的，而在這之前，他們跟星系裡所有智慧物種樣本一起被囚禁在一顆荒蕪的星球上。

這個說法跟實際的情況相符！

巢穴裡有些人確實是這麼相信的……就像讓你復活的這個鼻啪人。金字塔之書裡面記載了讓人困惑的一句話：女神阿丹娜和天神斯迪爾將把我們從愚昧的牢籠中拯救出來！

我聽一個**鼻啪人**提過這句話，所以這些人類是一千多年前被金字塔遺棄在這裡的！

這樣的蠻荒之地讓他們慌亂失控，所以他們寧願藏身**巢穴**，試圖重新建立某種環境……呃……某種可接受的文明，而在這期間，金字塔為了不知名的理由把我們凍結了千年。

而那本書，應該是抗拒藏身巢穴的反叛先驅所寫的……

檔案裡其實還提到了原始團體中各級間的叛亂與血洗慘狀。

好多謎團，還有……

你瞧！這就是我想讓你看的……

……金字塔的座艙椅＊！

我始終無法更靠近它……只要一靠近，就會有一股力量瞬間將我送回現實的軀體，接著我就會甦醒……也許你成功的機率比較大……。

這難道不會讓我陷入另一段不幸的旅程？

我不曉得，但也許你真的是女神！

你很清楚既沒有天神也沒有女神！好吧！不如你先告訴我你的名字。

……還有你是誰！

我的名字？我是誰？這問題太可笑了！

＊見「伊甸納花園」一集

在巢穴裡，每個人都沒有名字，我們都是具有相同遺傳基因的複製人……

千年來都是如此！我不需要名字來定位自己！

此刻，這裡有瞎眼的孩子、老酒鬼哲學家、女神。

女神並不存在，我知道我是誰，我是阿丹娜·莫利哥德，來自拉札蘭！而且我要幫你取個好名字：**拉羅**！你覺得如何？

這是來自我們星球的名字。

總有一天，我會回到拉札蘭……我之前還不願意，但是……

但是現在，有了這具新的身體，還有重新尋回的女性本質……

我會讓他們知道……

但你為什麼會夢到我這副舊軀殼？

看不出年齡、性別、個性？

你很清楚不管你的名字叫什麼，你都不是你以為的那個人……

這個形象是我在你的腦子裡找到的！你的確已經脫胎換骨，但你仍然這樣看待自己……

真是不可思議！經過這些時間，我應該已經相信……算了這不重要！

你看！

你成功了！看吧，你就是女神，因為你能夠接近這些座艙椅，不會被送回現實的軀體裡。

我還認得……這是反重力球內部的座艙椅。

拉羅你錯了，我並不是女神！

因為這是你的夢，所以除非你被送回現實，否則我也不會返回自身肉體！

很不幸！當我們抵達這裡的時候，球體功能停擺，我們因此與金字塔失去了聯絡……

MOEBIUS

咚！

?!

女神！
你在哪裡？

女神！

回來！

女神！
不——

別遺棄我們！

你怎麼可
以這樣！

我的手？！
怎麼回事？

回來，不然
我……我？

我變透
明了。

啊！我忘了，這一切不過是個夢……我
要回去那裡！回到我真正的身體裡！

不！
還不行！

如此陰暗的洞穴！在這種條件下要如何生存？

巢底有上千個這樣的洞穴和密室，都是卡法多的避難藏身之所！

這實在令人難以理解，生命跡象都在，腦波怎麼可能完全呈一直線……還是這個脫巢者其實是某一類腦波短路的機器人。

腦波無動靜，沒有任何反應！

不可能，機器人是巢穴一直以來禁止開發的技術！

這到底是什麼意思？脫巢者是死是活？

很難說，長官！

他一方面死了，但是另方面……

他始終是活著的……我知道這聽起來很荒謬但是……

這實在棘手，帕坦正式命令我必須……呃，殺了他，但是……

在我看來那是最好的辦法！這樣的怪物不該留活口！

你們不能這麼做！

女神仍然活著，她是為了把我們從牢籠裡拯救出來……

女神在我的夢裡迷失了！

你在這裡做什麼？你應該去領取你的臉，跟其他卡法多一樣！

長官，這個卡法多無害，他又殘又瞎。

但是，她會回來的！

是她……是女神……她從睡夢中甦醒了！

不！仔細看她的眼睛！是閉著的，她還沒回來！

處在睡眠狀態！

以巢之名，長官，要怎麼處理？？

我不知道！我不知道！

RRRMWE

RRRAAAA

RRRKCKK

她對他做了什麼？

喔喔……你們看！光芒散去了，開始可以分辨出……哇！

我毫無頭緒，但是我不樂見這樣的情況……請你們安全局的人做好射殺的準備！

太恐怖了！

MOEBIUS

怎麼可能？有人出現在我的夢裡？
你是誰？

我跟你一樣，是夢之人，告訴我阿丹娜
躲在哪裡……

阿丹娜？
女神？呃，你
找她做什麼？

她必須嫁給我……她是我
的……我的！婚禮將會盛
大無比，所有巢穴的孩子
將會歡欣鼓舞，因為他們
終於有了個真正的母親。

你不必知
道這些，
只需要告
訴我她在
哪裡。

我……我明白，不過，我必
須知道你是誰……或者我應
該說，是誰夢到你。

我不能背叛她對我的信任，她告訴
我：「拉羅，我藏身在隱密之處內
觀冥想，除非我的神親臨此地，否
則不要洩漏通道……。」

她的神，哈，
當然囉！那就
是我，只能是
我……。

呃……你難道不能……
再說清楚一點？

別把我當白痴！如果女神
隱身是為了冥想，就像你
說的那樣，為什麼你呼喚
她，為什麼你責備她在你
的夢裡消失。

好吧，如果你告訴我
是誰將你帶到我的夢
裡、你又是哪一類的
神，那麼我就給你更
多的訊息……

渺小又無知的傢伙！
竟然沒有意識到我就
是**你的神**！你的生命
是我給的！

帕坦……唯
一能把你送
來這裡的只
有帕坦。

這樣就說得通
了，你的確可
以是我的神，
因為我跟其他
人一樣，都是
用同樣基因複
製出來的。

MOEBIUS

但你給了我什麼？一個飽受折磨的肉體，又瞎、又弱……而我其他在巢底遊蕩的同伴就像活體垃圾？你又給了他們什麼？你親愛的孩子，你給了他們什麼？戴著面具、沒有名字，在地底牢籠逐漸死去？如果你是這樣的神，我什麼也不欠你……我不會告訴你女神的去向，因為人們說她會替我們開啟大門，將我們從愚昧的死亡牢籠中拯救出來……我不喜歡你！滾！離開我的夢！**出去！**

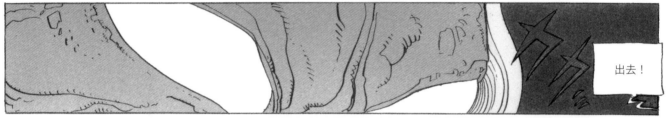

出去！

出去！

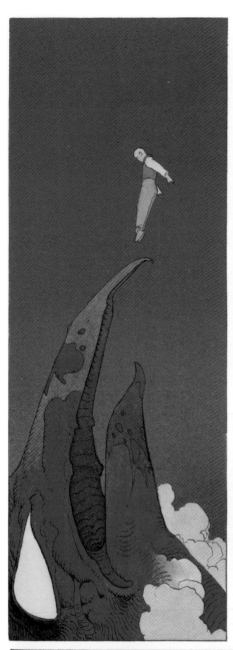

他傷了我！

不可能……我不可能在自己的夢裡被打敗……

離開我的世界！立刻離開！

滾……永遠不要回來！

永遠！

嘿孩子！你嚇死我了……我打賭你做了個很糟的夢……

呃……應該說是混亂的夢！

我打敗了某種怪物……我只記得這個！

沒有！那是個令人絕望的謎。

那你的女神……有新的進展嗎？

好了！別擔心！別忘了女神本身就是個安全保證！對吧？

啊，如果你看得到我親眼所見的……從那個渾蛋協調官的車裡滑步而出、散發著某種藍色光芒！噢！從來沒人見過那樣絕美的景象……

你的意思是她的身體在睡眠狀態下活動起來？不可思議！

還不只是這樣！後面更精采！她穿越一堆被巡邏隊嚇得不敢動的卡法多，靠近一個剛感染了鼻瘋病的鼻啪士兵……

我就知道！她真的是女神，你所說的一切消除了我最後的疑問！

等等！聽完你再下結論！

她將一束柔和的藍光傳送到鼻啪人身上……然後，最壓軸的來了！

好可怕……他、他……我們必須採取行動！

殺！殺掉他們！兩個都殺，立刻！

不！

你瘋了嗎！閉嘴啦！

你們不能這麼做！

？

？ ？

光線彷彿完全滲入士兵體內，當大家終於反應過來……這個時候，鼻啪人陷入恐慌！

我試圖安撫我的盟友，但他已完全失去理智！

你們統統瞎了嗎？

是這個傢伙嗎？

是他！

住手！

停！

我認得他，是那個叛徒！

抓住他！

噓

看他要説什麼！

從那個時候開始，我就幫不上忙了……，但他根本也不需要我幫忙，他立刻就成功的抓住群眾的注意力了……

你們看！威脅我們所有人的鼻瘋病，已經在這位夥伴身上被治好了！這是巢穴永遠做不到的！

根本就沒有女神！只有危險的脫巢者！而這個人就是被安全局通緝的叛徒……

我強烈要求由帕坦來裁決！我們全部都是他的孩子，我們相信他的智慧！

等等……在我的夢裡，有件事也和帕坦有關。

對我來説，這就是女神降臨的證據，像禁書裡提到的一樣！

噓

讓他説完！

？

不顧協調官的反對，他肆無忌憚地繼續大談他的鼻啪論，而我就只能在一旁……

191 | 女神

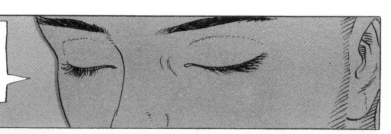

沒錯……有某件事……某件邪惡又危險的事！但我想不起來……算了……你繼續。可是好奇怪，我在這個世界與夢之界穿梭，從沒發生過這樣的記憶障礙啊。

這個人的臉怎麼不見了，這……

怎、怎麼回事？痛苦……痛苦消失了……

各位！臉有這麼重要嗎？

它甚至無法保護我們免於染上鼻瘋病！

長官！卡法多又開始鼓譟了……殺人這個命令好像會讓他們抓狂。

長官，也許這個人對臉的看法是對的！

然後我們的小鼻啪打鐵趁熱，繼續揭露各種真相，千真萬確的真相……

呃……呃，好吧！

帕坦會做出最後裁決，因為他是我們的父親、我們的母親，也是我們的神。

最後這個蠢蛋迫於壓力聲勢也弱了，他終於讓步然後把所有人帶到帕坦面前。

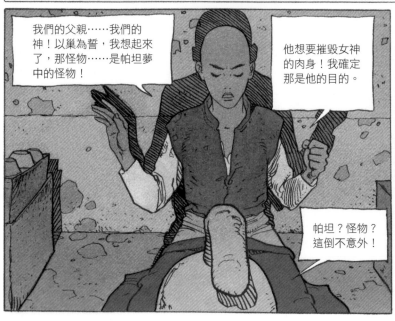

我們的父親……我們的神！以巢為誓，我想起來了，那怪物……是帕坦夢中的怪物！

他想要摧毀女神的肉身！我確定那是他的目的。

帕坦？怪物？這倒不意外！

以巢底為誓！我們可以做什麼？

營救女神！

我們要從巢穴中心給他們重重一擊。

父親！我不敢靠近帕坦……

安靜！親愛的孩子。你們卑微且無知，但是沒關係，帕坦關照他所有孩子……

父親……溝通剛剛開始，不過似乎出了點問題……

我們會看著辦！繼續轉錄……

各位，請盡可能保持安靜，繞著母體圍成一個圓。

父親，請您來看，螢幕整個被寄生物占據了。

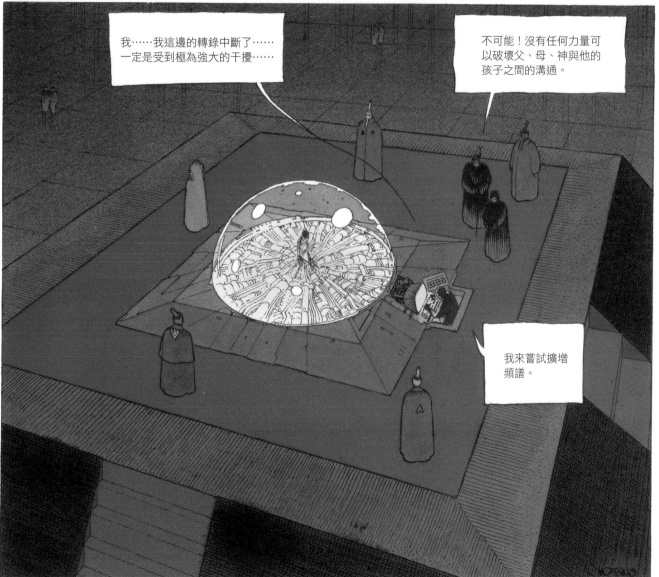

我……我這邊的轉錄中斷了……一定是受到極為強大的干擾……

不可能！沒有任何力量可以破壞父、母、神與他的孩子之間的溝通。

我來嘗試擴增頻譜。

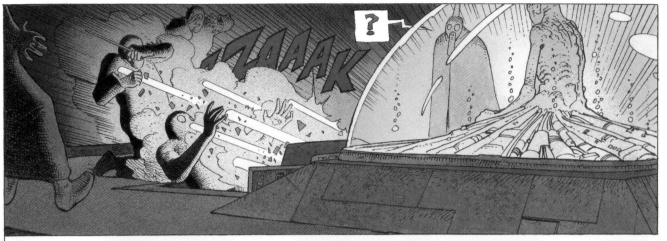

很簡單！聽取帕坦錯吧？

我們來到這裡，是為了對脫巢者的裁決，沒錯吧？

嗯……沒錯……但是先處理現況吧！長官！現在父親需要醫護隊的協助，愈快愈好！

眼前有比父親的傷勢更重要的事……保住永恆之軀、保住帕坦！保住這個巢穴！各位！

當然、當然……那麼協調官您要從哪裡著手？

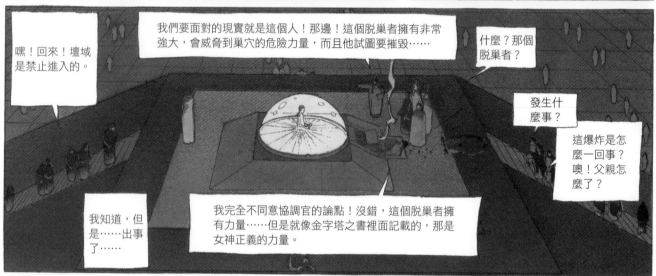

嘿！回來！壇域是禁止進入的。

我們要面對的現實就是這個人！那邊！這個脫巢者擁有非常強大、會威脅到巢的危險力量，而且他試圖要摧毀……

什麼？那個脫巢者？

發生什麼事？

這爆炸是怎麼一回事？噢！父親怎麼了？

我知道，但是……出事了……

我完全不同意協調官的論點！沒錯，這個脫巢者擁有力量……但是就像金字塔之書裡面記載的，那是女神正義的力量。

女神是愛、仁慈與療癒……她不會攻擊我們的巢，不可能！

什麼女神？那個傳說？

好，那你告訴我！為什麼……為什麼會**這樣**？

他受傷了。

怎麼回事？

有東西撲了過來？

不要上來！下去找醫護隊。

我認為，如果女神攻擊帕坦，那就代表……呃……帕坦不是……我的意思是……不再是……

我要殺了他！我要殺了他！

協調官，拜託您一定要冷靜！

而且其他人也必須死！

什麼？

夥伴，上面發生了意外。

噓！

他說什麼？

誰說要殺人？

全體戒備！

？ ？ ？

？ ？

？ ？

？

他們來了！

他們開戰了！他們襲擊安全中心！洗劫軍械庫，摧毀了通訊網！

噓！冷靜！

?

「他們」是誰？我的孩子，你在說誰？

叛……叛亂者，先生！他……他們和卡法多結盟……他們想推翻帕坦。

夥伴們！事態嚴重！我要求你們退出壇域。

以巢為誓！失控了。

推翻帕坦！？

叛亂者？推翻帕坦？

WRAMM

他們全都瘋了！他們脫掉了臉！他們……

夥伴，這些人在帕坦之廳做什麼！他們明知道那裡嚴禁……

好像是，呃……他們說有暴動。

完全無法阻止他們。

暴動？！我不懂……是誰要造反？反對什麼？我巢！

趁這時候，馬上給我找個醫生來治療父親的傷勢。

是，我盡力！

兄弟！要怎麼樣你才會看清真正的危險來自何處？

我巢！我不懂……一切都亂了套……

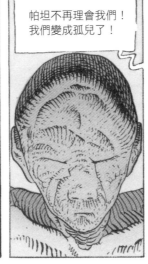

帕坦不再理會我們！我們變成孤兒了！

罪魁禍首就在這裡……讓我們殺掉他……殺掉女神，一切就會恢復原狀。

不，長官！正好相反，現在女神才是我們唯一的希望。

我巢

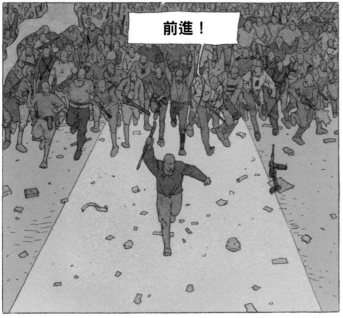

前進！

受死吧帕坦！

你自己判斷！所謂的女神只不過是個變種的脫巢者！全身僵硬陷入沉睡狀態，他企圖用不知名的魔法來摧毀帕坦！

真恐怖！他沒有臉！

頭上還有一堆噁爛的毛！

不是這樣！我……

兄弟，既然父親不在，請你做出決定……我們要怎麼做？女神，還是帕坦？

我巢……我不知道該說什麼……這……要看、看帕坦的裁決……

這位夥伴處在驚嚇狀態！無法做出任何正確的決定。

我該採取行動了。

你想幹嘛？

作為協調官。

長官，你究竟想要……住手！

不！

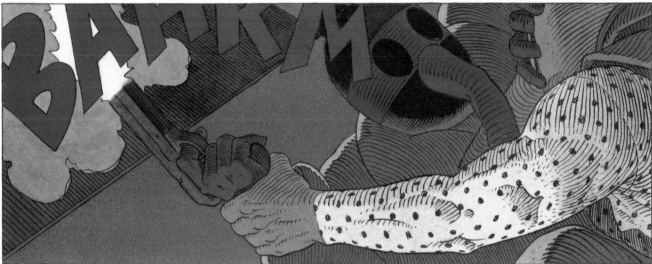

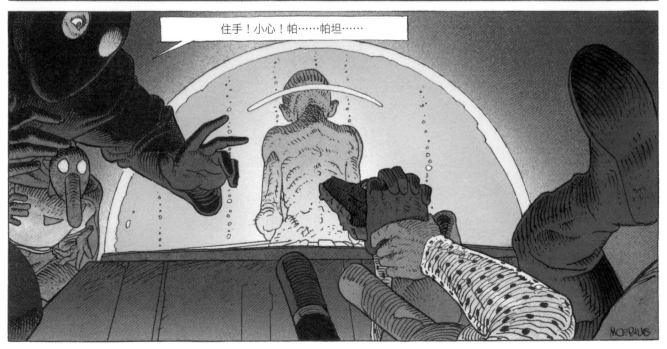

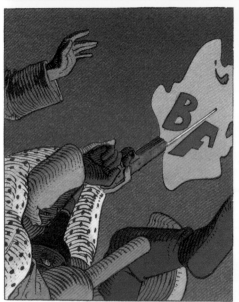 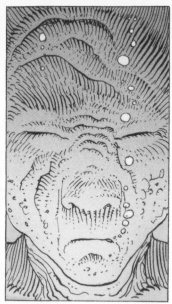 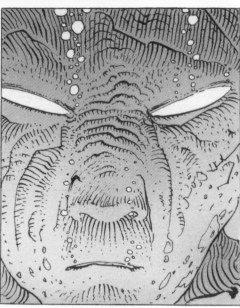

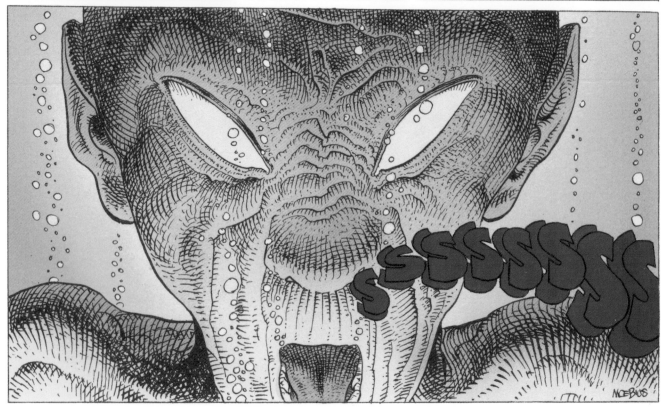

不！

你們竟想推翻我……竟敢舉起槍反抗你們的神！

無知的孩子、惡毒的孩子啊！你們就看著吧！你們無法摧毀我……就算我必須永遠凍結時間軸，你們也傷不了我，我會繼續活著……並將擁有充分的憤怒追殺你們。

你們哪來的膽子？

等著迎接末日的人是你，帕坦！我們不需要你了！

沒錯！你連鼻瘋病對我們的威脅都無法解除！

你才是帶原者！

滾！

褻瀆者！

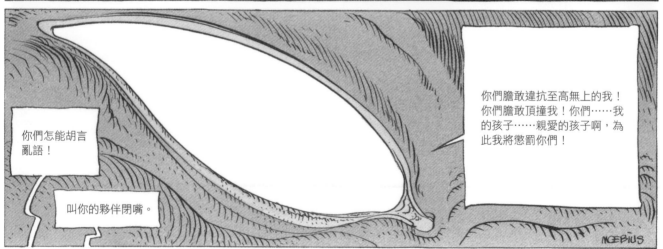

你們怎能胡言亂語！

叫你的夥伴閉嘴。

你們膽敢違抗至高無上的我！你們膽敢頂撞我！你們……我的孩子……親愛的孩子啊，為此我將懲罰你們！

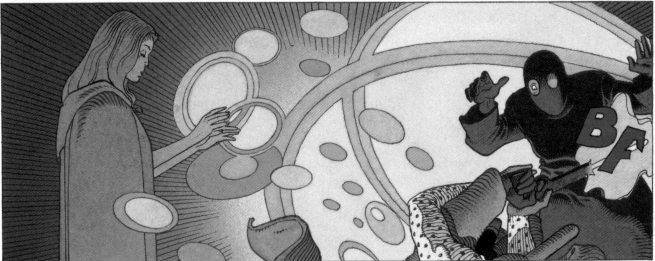

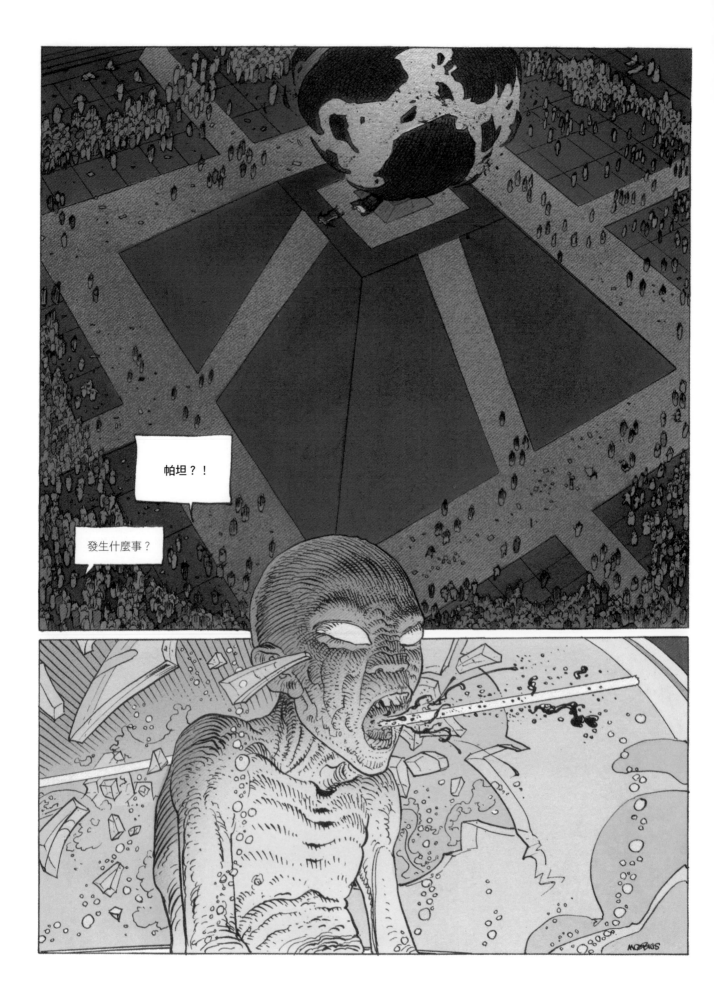

STEL

斯迪爾

斯迪爾在遭遇與阿丹娜殘酷地分離之後，試圖穿越伊甸納這顆神祕星球上遼闊的原域，直到海邊與她重逢……

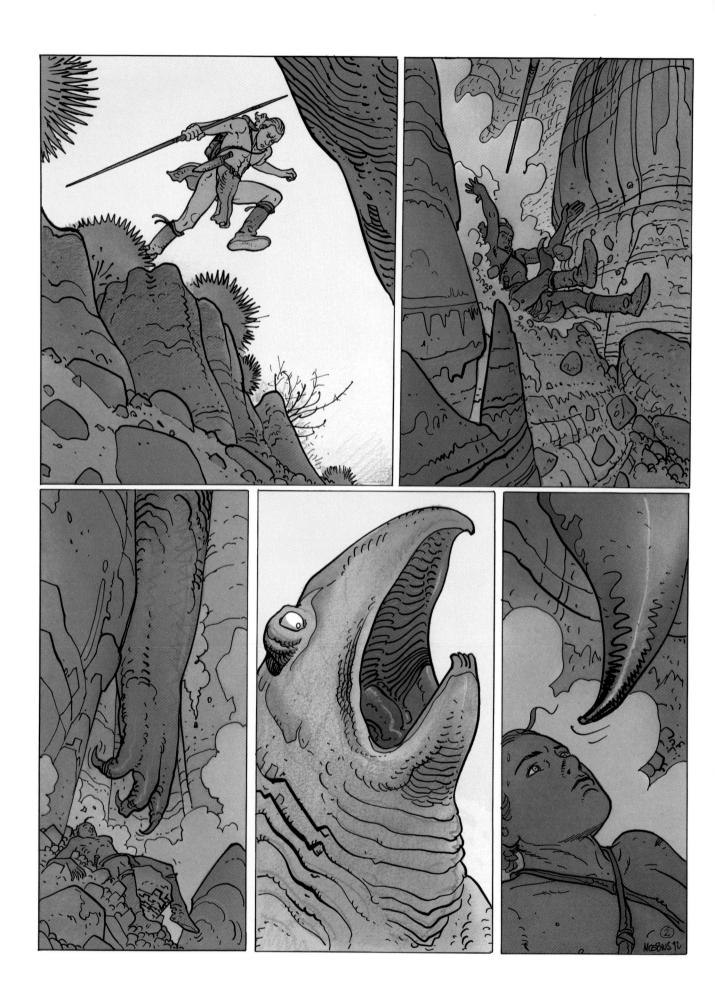

怪獸正在高處不滿地怒吼著，斯迪爾雖然精神有點恍惚，卻一動也不敢動。

河流早在不知多久以前就湮沒在沙漠裡……海在何方？在這杳無人煙的土地上要怎麼找到出口？

那隻怪獸應該也受夠了吧……

MOEBIUS 92 ③

斯迪爾！

日安，斯迪爾！嘿你瞧瞧，要跟你溝通連線還真不容易啊……你的暗影盾封閉了空間……但是你卻比大部分的人來得有天賦，而且你的發光繭擁有三條左肋，相當罕見。

這？呃……

危險？

無論如何，很高興今晚終於見到你了，因為危險正逼近你。

仔細聽好……

嘎？

要將你帶來這裡，必須經過複雜微妙的程序，還牽涉到許多具有強大力量的「力場線」……

……這團講個不停的力場線和程序是什麼鬼東西？

和布吉大師有什麼淵源嗎？他似乎很了解這顆星球和金字塔。

先說……你是誰？

好吧……你以為在不穩定又干擾重重的物質層次裡，重整能量有那麼容易嗎？那你就錯了！不過為了你，我可以稍微花點力氣。

布吉，我對你的雜耍一點興趣也沒有，我比較想知道逼近的危險是什麼？還有阿丹娜，要怎麼找到她？

拜託，耐心點，一件一件來！

現在，立刻告訴我阿丹娜在哪裡，告訴我怎麼把她救出來。

我不知道她在哪裡……這連帶回答了你第二個問題。

幹……幹！

我明白你的痛苦！

人生是無法控制的，斯迪爾……我創造這個世界好一段時間了，它是特別為你和阿丹娜所創造的。所以，我能確定的只有一件事：有一天你們將會在此重逢，活出應有的人生……但是我無法阻止你們根據自身的意念相愛或分離，而你們必須面對自己犯下的錯誤，以自身力量拯救彼此……

喂！「造物主」，所以你不想淌渾水，對吧？不管怎樣，我完全不想接受你那個見鬼的計畫……我要的是阿丹娜！

坐吧，冷靜點。阿丹娜會回來的，只要她下定決心。我跟你說過這其中有個潛藏的危險；你的同伴驅逐了帕坦，卻沒有把他徹底摧毀，就連我也被他的力量所威脅……

瞧你說的，

所以，你什麼忙也幫不上！？

我現在就能用這把無燃料之火讓我們免於受凍。

危險這詞倒是很精準……這正是我想事先警告你的……那隻怪物是帕坦的分身，基本上他再也無法像上次在夢裡那樣攻擊你……

但是他仍然擁有足夠的力量運用行星等離子區殘存的磁波，來維持住某種密實的狀態……

完全聽不懂。

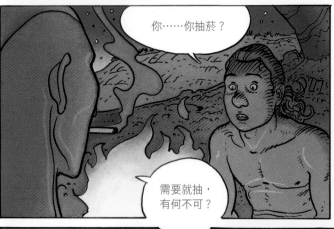

你……你抽菸？

需要就抽，有何不可？

噓！

這是什麼鬼東西？

別擔心，只是一隻單純的元素精靈……小仙子！

他們的行蹤難以捉摸，是跨星際的生物……

斯娃達歐歐歐

她想幹嘛？

歐夏恩達伊歐爾爾……

斯娃尼伊伊兜爾爾爾……

歐夏恩達伊斯娃尼伊**阿丹娜！**特歐歐歐歐爾！

她說了「阿丹娜」，我聽到她說阿丹娜。

她稱阿丹娜為斯娃尼伊，精靈語的「女神」；接著她說「歐夏恩達伊」，翻成你的語言就是：「如果不做點什麼，她就會死」。

阿丹娜會死……這是哪門子道理？為什麼我要相信這蚊子女……混蛋，阿丹娜……阿丹娜會死……

如果不做點什麼……

首先我必須知道她在哪裡。有了，不如去那個有名的巢城……嗯，布吉！要去哪裡找巢城……

嘿

算他狠，又來這一招，在我真的需要他的時候搞消失……

混帳東西！我就知道這傢伙不可靠……

還有那些蚊子精靈……呸，也飛走了……人間蒸發了！死蚊子，統統去死！

MOEBIUS 92 [12]

這下好了！

漿果和核桃都吃光了，水也沒了！然後自稱造物主的布吉把我丟下不管……是啦，許多自負的宇宙飛船駕駛員根本就把自己當作宇宙的主宰，但是……

但是，布吉知道很多內幕！而且他有魔法！至於元素精靈，這奇怪的小生物看來是真的擔心阿丹娜！親愛的阿丹娜，你在哪裡？誰可以為你做點什麼？

誰？除了我……

迷失在沙漠裡的我！

好吧，該睡了。搞不好在夢裡可以找到出口……

MOEBIUS 92

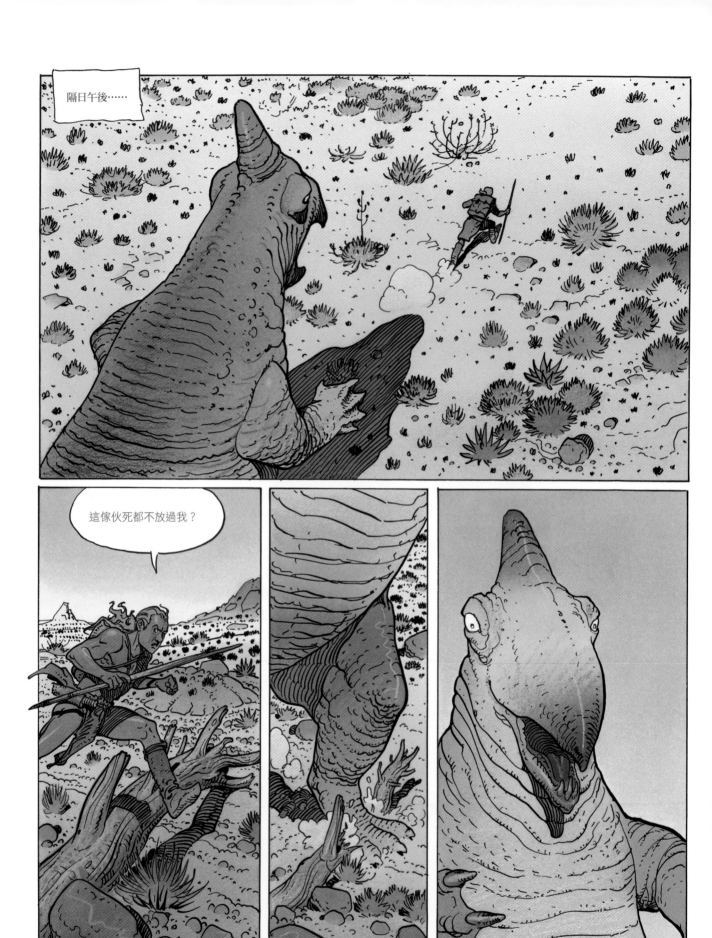

229 | 斯迪爾

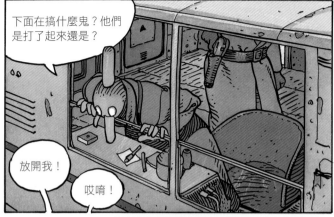

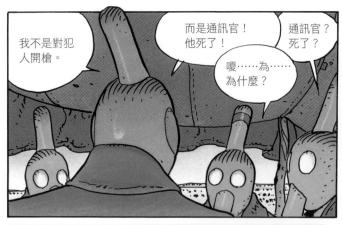

我不是對犯人開槍。

而是通訊官！他死了！

嘎……為……為什麼？

通訊官？死了？

基於安全考量……他瘋了！鼻瘋病！規定……對，就是規定！

來吧！把該修的修好，我們必須在入夜前離開……

喂……把六角扳手給我。

六角扳手……

以巢為誓！我怎麼會做出這種事？

這力量……好像有某種凌駕於我之上的意志把我……

這樣夠了嗎，隊長？

夠了……嗯……我們可以回去飛行巴士了……

太蠢了……我不可能永遠瞞著他們，巢城毀了，帕坦消失了……

隊長！你看這個！

MOEBIUS 92 (18)

依然是下午時分……陽光炙熱逼人，儘管怪物暴怒狂吼，空氣卻彷彿凝固了一樣。

他們沒看到我們！

我要去找把槍……

有一個脫巢者！

朝地頭上來一槍應該就夠了！

可是……啊啊啊怎麼回事？我……我的頭！啊！

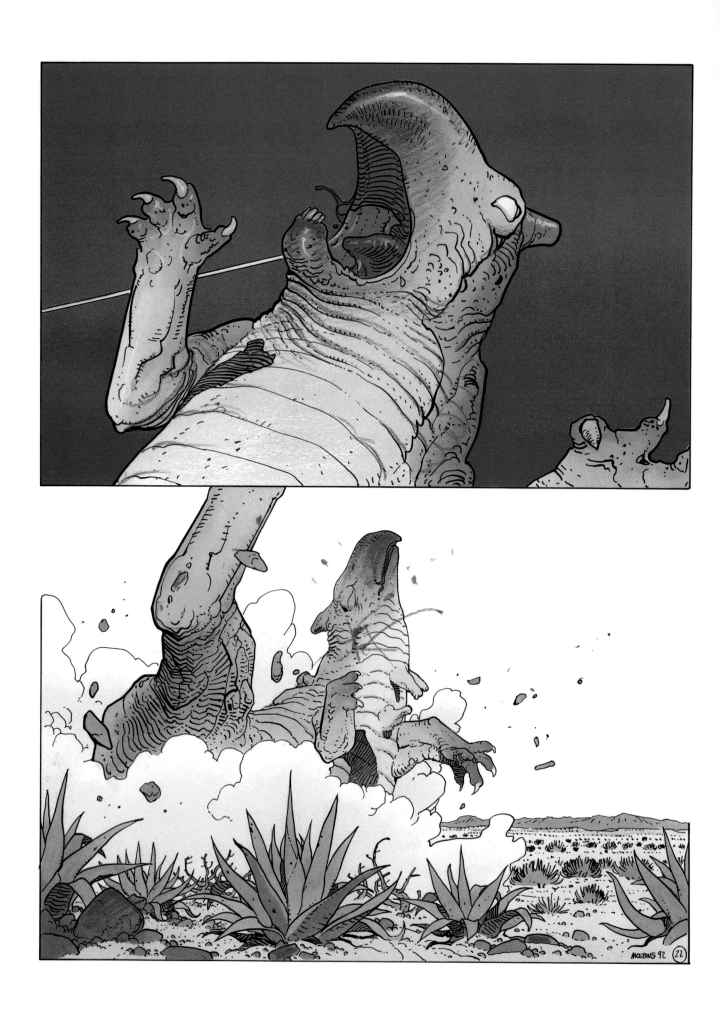

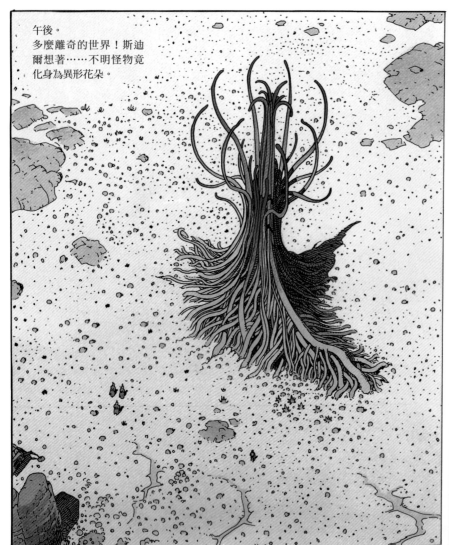

午後。
多麼離奇的世界！斯迪
爾想著……不明怪物竟
化身為異形花朵。

好詭異。

哈囉！

嗨！

嘿，夥伴……那是
個脫巢者！

小心！

你看起來不像脫巢者，
你頭上長滿了毛！

你是誰？

我叫斯迪爾，脫巢者
是什麼我沒聽過！

MOEBIUS92

24

哇靠！斯迪爾想著，原來這些戴著面具
的傢伙都是帕坦的魁儡。不過看來他們
並不曉得巢城發生叛變，他們的偶像已
經被推翻了。

哇靠！

沙漠陷入一
片沉寂。

我們向來有兩套替換
的備用服。

太棒了……這段日子，我在
這該死的沙漠裡活得不成人
形，能夠重回文明簡直讓人
太興奮了……

也許我能幫上忙，機械我還算
在行……作為交換，只要有新
鮮的水讓我喝個幾口就好。

這個嘛，還要等一下，飛
行巴士出了點問題……而
我們的機械師又受了傷。

MOEBIUS 92 26

奇怪⋯⋯隊長去哪了？

隊長！？

隊長？

隊長！？

隊長！

去飛行巴士裡面找找。

我巢！通訊機臺毀了！

?!

這個晚一點再研究⋯⋯

現在最好先找一套適當的衣服給這位先生⋯⋯

這種溫度你們怎麼受得了？穿成這樣不會熱死嗎？

一般我們的制服裡面都有溫控系統⋯⋯但自從我們的夥伴受傷之後，沒人知道怎麼維護，系統就接二連三故障了。

然後想也知道⋯⋯根據規定我們又不能脫掉制服！這傢伙不敢說的是，剛剛他才想把制服統統脫掉！

一時熱昏了頭。

MOEBIUS 92   27

噔，脱巢者，制服給你！

謝謝……不過，穿上之前先讓我看看有沒有可能修好溫控系統，我可以順便喝點水嗎？

不管要吃什麼喝什麼，都要先保護好你的臉才可以，不管怎樣都要符合規定！

看到了吧？就只是這個小零件沒接好！

那……所以呢？

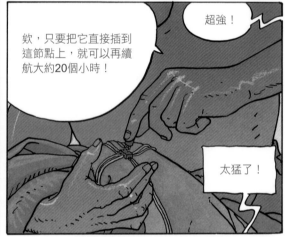

欸，只要把它直接插到這節點上，就可以再續航大約20個小時！

超強！

太猛了！

你真的很神耶，脫巢者！等一下檢查飛行巴士時，要是你的眼睛也那麼利，那我們就得救了！

在這之前我得喝點水……這要怎麼穿？啊，了解，然後旋開這個……搞定！

他們的科技簡直是毫無章法的四不像……好比拿帝國小玩意當範本，拼出一套原教旨派又神經兮兮的模仿物！

MOEBIUS 92

好啦現在我完全符合規定，心情也放鬆啦……我要來修引擎。

夥伴！機械師的狀況似乎穩定下來了。

那就好，因為一時半刻我們也回不去……當然也不能拋下隊長一個人在這種鳥不生蛋的地方……

真的。在沙漠找人可沒那麼容易……而且說實話，我覺得……他已經瘋了！

瘋了？怎麼說？

不然還有誰會破壞通訊機臺？為什麼要做這種事？不合理！他一定是瘋了！

除非……

我們都沒事，但是隊長瘋了、機械師受傷，然後通訊官死了！加上機臺受損、飛行巴士故障……更別說忽然來了個變氣球的怪物……

等一下，還有更糟的！我覺得通訊官的死和機臺受損，可能表示我們的隊長並不是瘋了，而是想要切斷我們與巢城的所有聯繫。

?!

可是這根本說不通！為什麼？你說說看為什麼？而且他幹嘛躲起來？躲去哪？呿！

沒錯……為什麼？太可疑了！就像這個突然冒出來的脫巢者！我們去看看他怎麼修機器。

♪

他……他成功了！

唔

幹！他跑了！

好啦！只是把裡面發電機軸承的髒汙刮掉……這三歲小孩都會！

嗯……現在，重新降落然後把引擎放好！

斯迪爾突然想到，下面那群長鼻子的傢伙大概以為被背叛了。趁機逃吧，他想著。可是要往哪去？巢城的位置只有他們知道，而且，這樣把他們拋棄在沙漠裡，其中還有一個人受傷……不……

不，我不能這麼做！

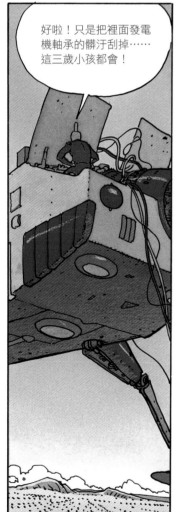

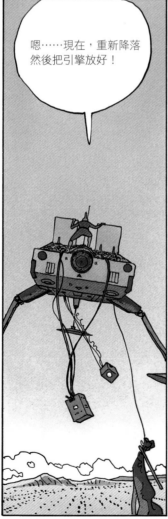

啊——重新感受腳底機械的震動，多麼美妙啊。

大災難！

我們完了！

脫巢者騙了我們。

脫巢者都是禽獸，我們不該違背了格殺勿論的教條！

他們也許是禽獸沒錯，但這傢伙至少成功地把機器修好了……而且……而且……

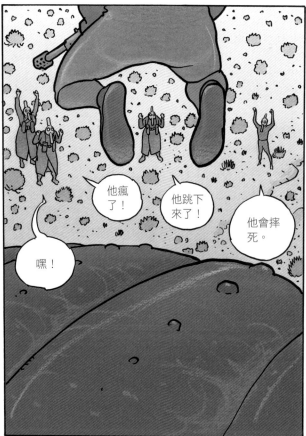

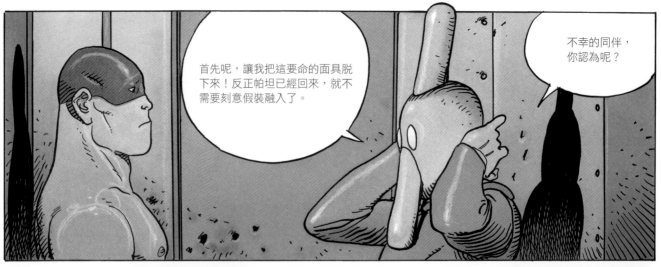

首先呢，讓我把這要命的面具脫下來！反正帕坦已經回來，就不需要刻意假裝融入了。

不幸的同伴，你認為呢？

幹！媽的！不會吧！

嗚哇！幹！我拉！幹！我推！哎喲！脖子都要脫一層皮了！

啊啊啊啊啊！嘿喲歐！

嗨！我是斯迪爾。

不愛說話啊……

MOEBIUS 93 ③⑤

信仰不堅的人類！這不過是個外殼，讓已被摧毀的我得以棲身……帕坦是不朽的。

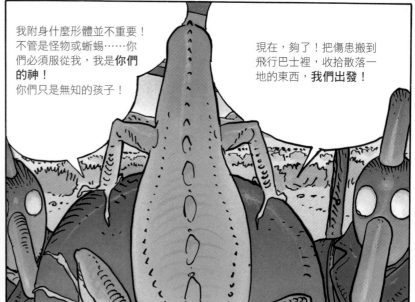

我附身什麼形體並不重要！不管是怪物或蜥蜴……你們必須服從我，我是**你們的神**！
你們只是無知的孩子！

現在，夠了！把傷患搬到飛行巴士裡，收拾散落一地的東西，**我們出發**！

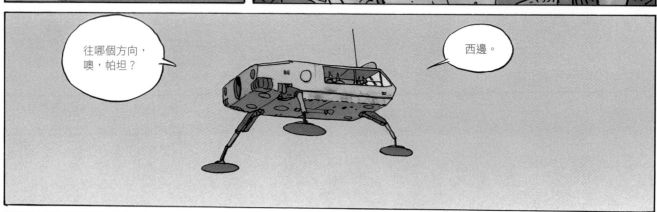

往哪個方向，噢，帕坦？

西邊。

可是，噢，帕坦，巢城淪陷，我們沒有地方可去了……

帕坦是全知全能的，他有另一個巢……

MOEBIUS 93 (40)

終於！巴士動了！不過……飛往哪裡去？

難道是往巢城？

不……要是阿丹娜打敗帕坦且將他摧毀，帕坦不會再回去！阿丹娜！噢！阿丹娜！這一切只會讓我們的距離愈來愈遠。

我們將進入未開發的原域，噢！帕坦！猙獰險惡的山頭，灼熱滾燙的湖水……

繼續往這個方向前進，不要多問。

只要服從帕坦就夠了！

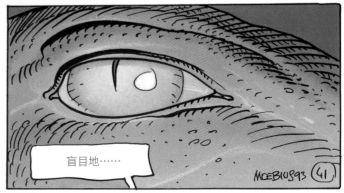

盲目地……

MOEBIUS93 ④

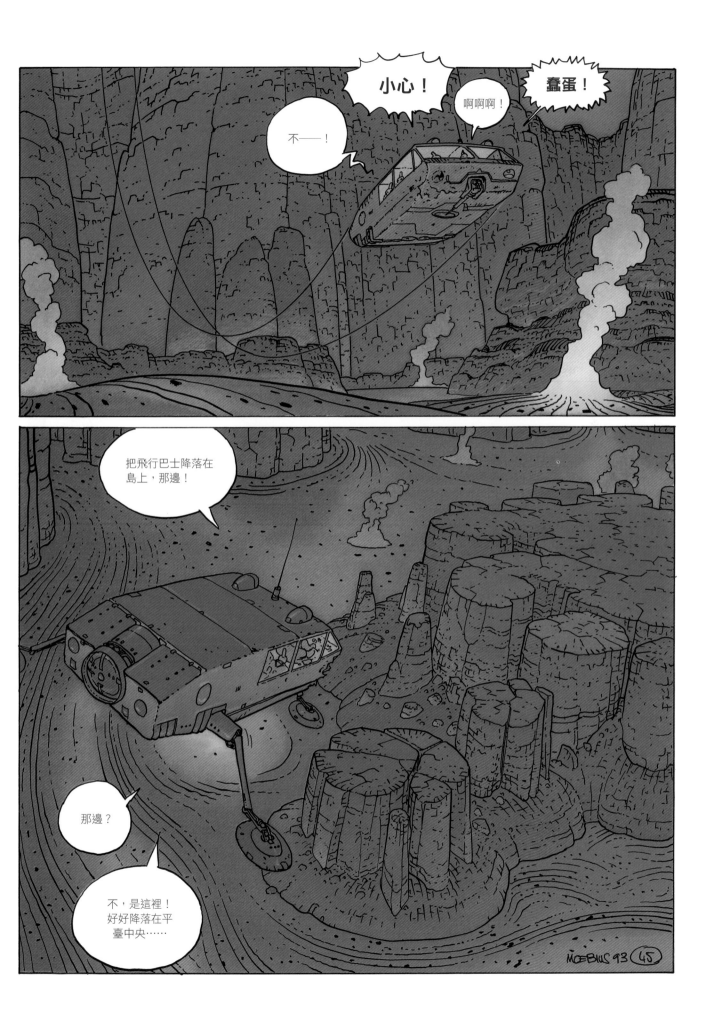

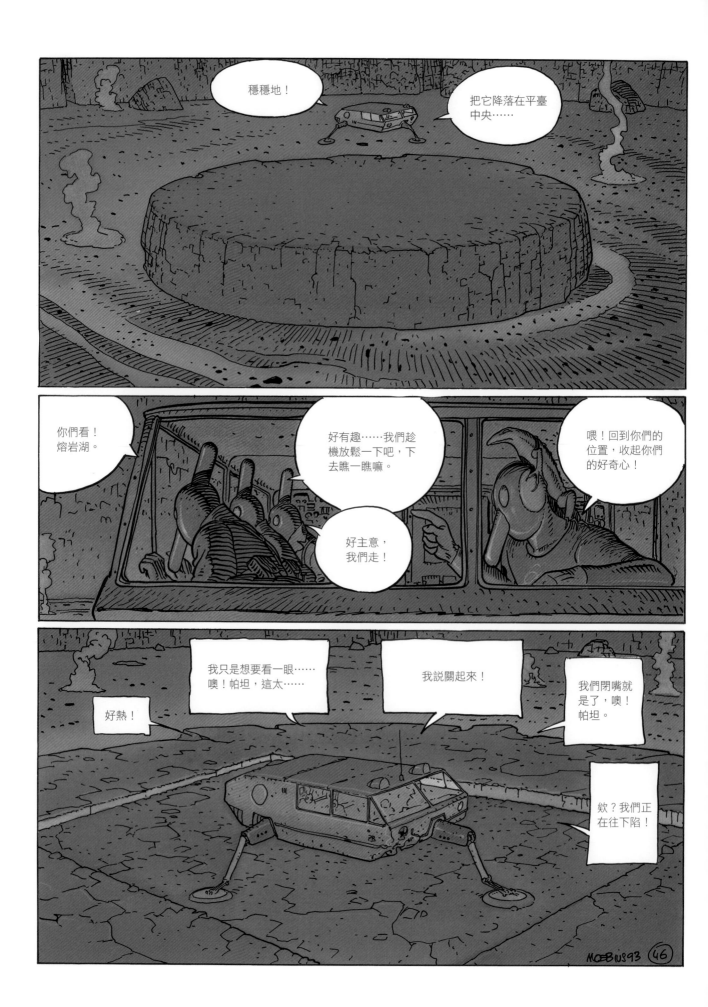

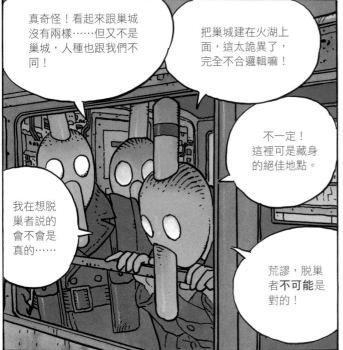

有人來了，終於！

喀噠！

我還想說你們是不是打算讓我們在這個老鼠洞裡腐爛生蛆！

先生，請跟我來！

請立刻戴上您的臉！

帕坦要見您！

另一位呢？你們把他留在監禁室？

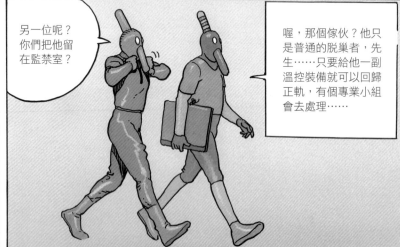喔，那個傢伙？他只是普通的脫巢者，先生……只要給他一副溫控裝備就可以回歸正軌，有個專業小組會去處理……

請上重力車吧，這位先生會載您去！

MOEBIUS93 50

市政府

整棟建築還沒完
全完工……

證件、查驗、通關……

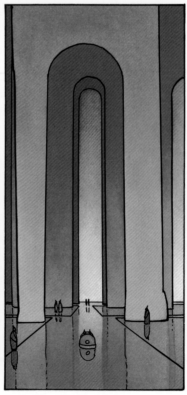

真是令人
驚豔！

可不是？不過從這裡開
始，我們即將進入了帕
坦的私人住所，也可以
說是他的某種私領域！

MOEBIUS 93 52

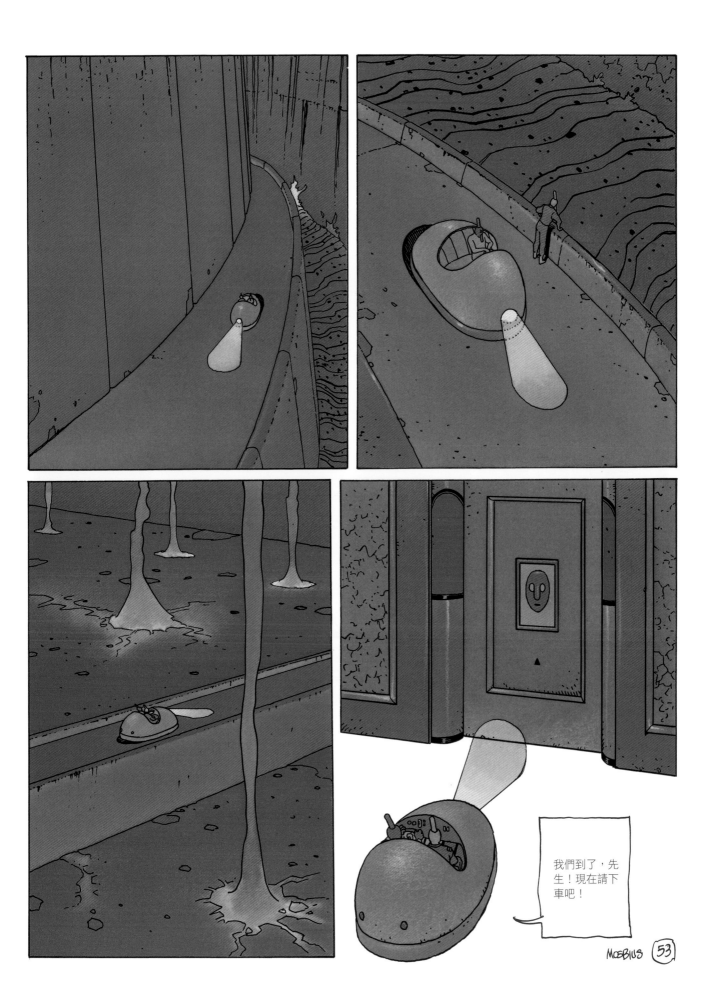

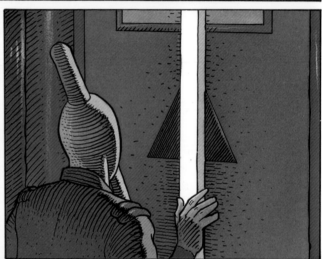

帕坦？

帕坦？你在開玩笑嗎，年輕人？就像你看到的，我只是個園丁！

園丁？

當然！不然還有誰能照顧這些杜鵑、繡球、燈籠海棠、醉魚草、小檗、絲穗木和木蘭？誰來負責栽種、播種、移植跟扦插？

如果你想見帕坦，

只要沿著這條兩邊種滿扁柏的小徑，一直走到房子那邊……

在花園裡是不可能迷路的！

但是小心屋子裡的走廊，年輕人，那邊迷路的風險可就大了！

這一切都是帕坦的把戲，但是我不知道該如何擺脫！

至少目前沒辦法。

啊！就是這棟房子。

MOEBIUS 93 [56]

斯迪爾受到很大的衝擊。

特洛羅賓＊！

來，隨便坐。要不要先來一杯圖魯酒哇？

特洛羅賓！？可是……怎麼可能？上次碰到你是在「九號球」上，而且我們還一起登上金字塔飛船！＊

了不起，斯迪爾！你的記憶力可真好啊！

不過現在還不是敘舊的時候……妮可會當你的貼身助理，好好照顧你。你應該已經累壞了。

我，我不懂……

幹！愈來愈跟不上帕坦的把戲了……

浴室已經幫您準備好了，香氛熱水浴！

浴室？

主人，這算不上什麼豪華享受……您臭氣沖天啊親愛的！

MOEBIUS 93 58

＊見《在星星上》一集。

完美！

艾米，我們對你一流的技術相當有信心。

一打阿爾馮尼塔的襯衫。

John & John 的精品。

萬中選一，親愛的！

帥呆了。

特洛羅賓的客人都會受到王子般的禮遇。

MOEBIUS 93 59

可別在人群中
跟我走散了！

好吵！

巴卓卡的氣氛
一向如此！

這個兩拍子的音樂是
什麼？

道地的老搖
滾。

斯迪爾！
我的朋友！
你來啦！

來吧！我們找個安靜
一點的角落。

至少可以好好聊聊！

唔……再往前走一點，這裡跟淫窟沒兩樣！

這才是真正的派對嘛，嗯？

嘿！你！脫巢者！

兄弟，你不認得我啦？

不……

啊！認得！當然！只是你怎麼……

斯迪爾！

這都是程序重組的幻象，兄弟，呃……規程之徑！

規程之徑？

斯迪爾！

我們得走了。

你！少糾纏我的客人，聽懂了沒？

是。

MOEBIUS 93   61

脱巢者愈來愈不知好歹了！

只有我的辦公室才是唯一淨土。

隨便坐……我幫你倒杯波本！

我親愛的斯迪爾！

唔……剛說到哪？啊對了！最後一次碰面是在九號球，大家一起往金字塔移動準備離開，那可是你的功勞……但後來，我們遇到黑洞，呃，落入遺忘的深淵！

甦醒的時候，我們就在這裡了，在這前所未見的星球上，20個人在這個蠻荒世界無所依歸……一邊絕望，一邊企圖在這沒有醫學、沒有技術、沒有合成劑……什麼都沒有的地方生存下來……

你是說，你們沒有摘樹上的果實來吃？這……

吃樹上的果實？！那幹嘛不乾脆吃人！不，我們失敗了。失去所有希望。

MOEBIUS 93 (62)

然後有一天，我們發現了巢……沒錯！就是巢城！別問我它是怎麼出現的，就跟金字塔差不多，是個謎！但我們立刻占據了它，很快地，因為城裡有已經架設好的儀器裝置，我們開始製作食用合成劑、啟動克隆實驗槽……總之，該有的都有了……

可惜你無緣看到母城……那可是傑作。

可是，在這些事情之後又過了多少年？你為什麼還活著，這怎麼解釋……

剛好一千年……

你的問題很好……事情後來一發不可收拾。隨著時間過去，當初的20個人只剩下兩個倖存者……

就是我，還有負責檢修小行星的小歐倫・西維貝格……在一百多年後，我們必須面對一個事實：我們不會死！但這又是個謎！接著惡夢來了！那個混蛋布吉時不時就會來糾纏我們……

你認識布吉？

我對這類鬼怪是知道一點啦！幹！他可讓我受了不少罪：「天神斯迪爾和女神阿丹娜將會到來，怎樣怎樣的……」

你也見過這個滿口鬼話的騙子了？

沒錯……呃，其實，我是在夢裡看到他的。

那混蛋簡直要把我逼瘋！

還好克隆醫學團隊最後找出辦法，讓我進入一種合成的擬夢停滯狀態，

我才能繼續領導巢城和我親愛的鼻呫人！

我總不能撒手不管，讓他們陷入永遠的困惑不安吧——

那小歐倫呢？

MOEBIUS 93　63

噢！歐倫……他呀，他被布吉騙了，惡夢把他給逼瘋了！再來一杯波本？不用嗎？不喝可惜啊，這可是貨真價實的合成酒！和長鼻子那些傢伙喝的劣等酒沒得比！

歐倫啊，他死腦筋，一心認為巢城是我們建出來的，是我們無意識的集體恐懼經由伊甸納行星等離子區的心理圖像場轉化而來的東西，而且是某種癌，必須盡快把它從星球上剷除……

所以呢？你幹了什麼好事？

我還能怎麼做？我用盡各種辦法想治好他……甚至把我的擬夢停滯狀態分享給他，根本白費力氣……這瘋子還寫了一本自以為神祕的什麼《金字塔之書》，然後逃出巢城，變成伊甸納史上第一個脫巢者。

你殺了他！

倒是不必我動手……依我看他大概已經死在森林的某個角落，被螞蟻、鼴鼠分食個精光！

我懂了！

特洛羅賓！

斯迪爾……你還想知道什麼？

你把我找來做什麼？這一連串的把戲、虛情假意的狂歡到底有什麼目的？

MŒBIUS 93 64

你說的沒錯！一切狂歡只是幻象！

不過是幾個脫巢者的程序重組罷了⋯⋯

幾個長鼻人的重塑⋯⋯

但一直以來，我對前太空世紀都非常著迷！

火箭啦，有的沒的。好吧，讓我告訴你我需要你做什麼，老伙伴！

嘎！這是什麼鬼東西？

這鬼東西是潛夢境擷取器。

什麼？

深入伊甸納滾燙的臟腑之中的天線。

首先，我要讓你見識一個東西，過來看！

伊甸納滾燙的臟腑！搞屁啊！你希望我進去裡面做什麼？

MŒBIUS93 65

我要你到裡面當誘餌！

？

誘餌？

你到底在搞什麼鬼？給我說清楚，什麼誘餌，要引誘誰？

這個嘛……不就是阿丹娜！不然你還能引誘誰？

你這個混帳東西！

嘶嘶！

本來這個陷阱是打算用來對付布吉的……不過阿丹娜的出現讓我改變了心意，現在就要靠你幫我把她帶來擷取器這兒啦——

特洛羅賓，或者帕坦，不管你是誰，你一定是瘋了才以為我會幫你幹這種事。

當然！

放心啦，你的任務很單純，就這麼一件而已！

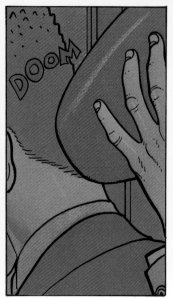

DOOM

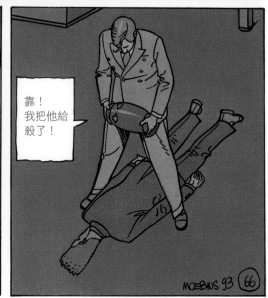

靠！我把他給殺了！

MOEBIUS 93 ⑥⑥

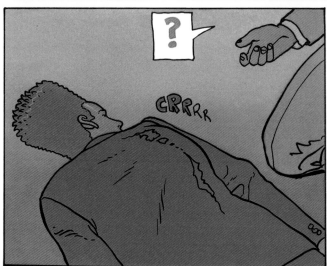

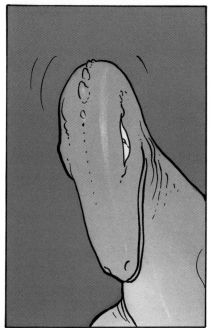

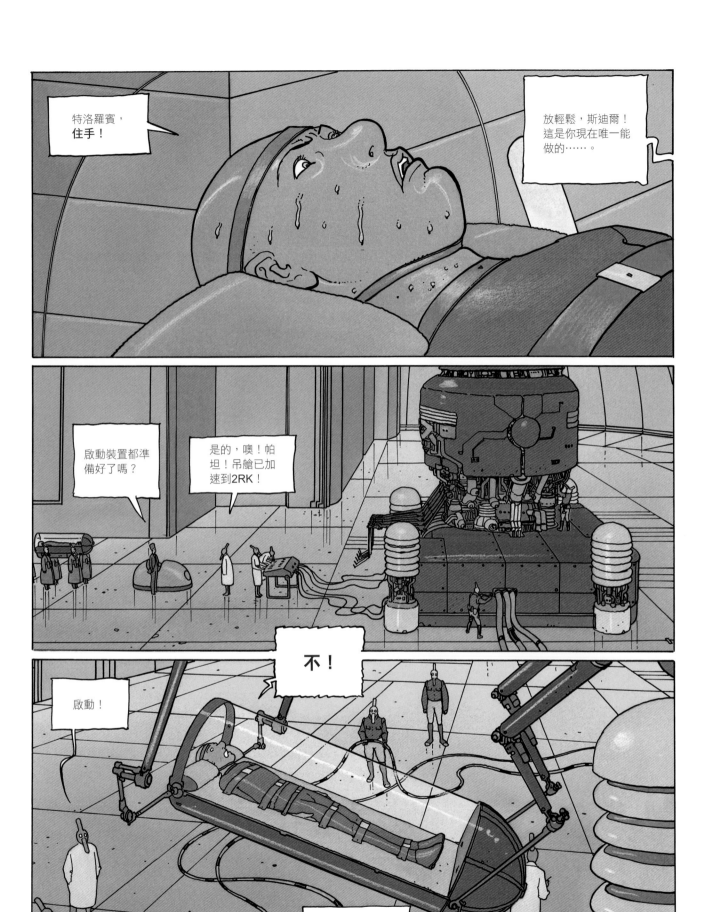

機械儀器在四周閃爍，刺骨的寒氣注滿即將發射的吊艙。

感應器開啟！

就定位！

調整為3RK！

不！

你什麼事都不必做，斯迪爾！你將進入巨大的夢境之中。

宇宙萬能的天神啊！我深刻地感受到……這些機具器械的惡意！

你可要記好，我一點也不想傷害你，不管是阿丹娜或是你！我只是要保護你們別中了布吉大師的詭計……他才是伊甸納真正的惡魔。

我們共同的敵人、幕後主事者、我們回歸現實世界的唯一障礙。

阿

MŒBIUS 93

70

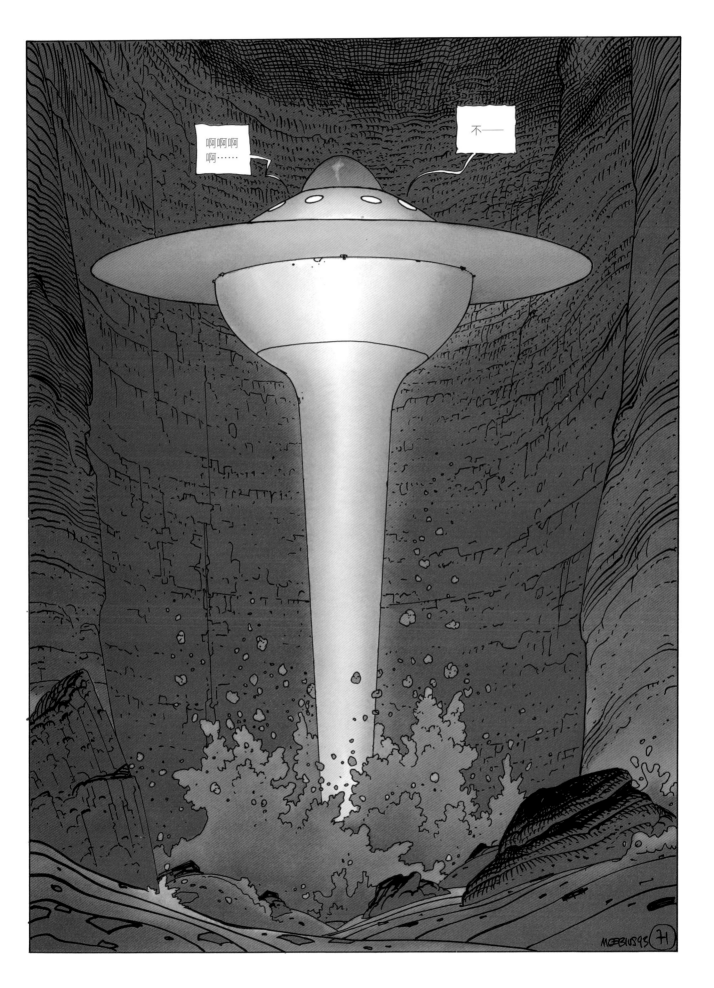

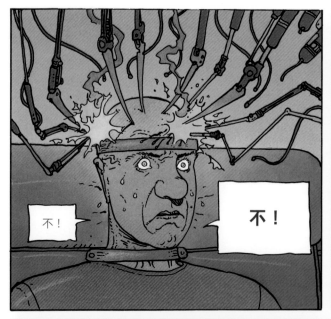

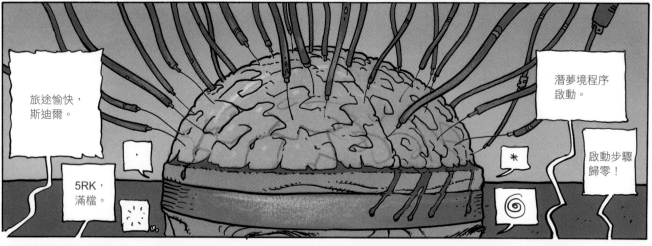

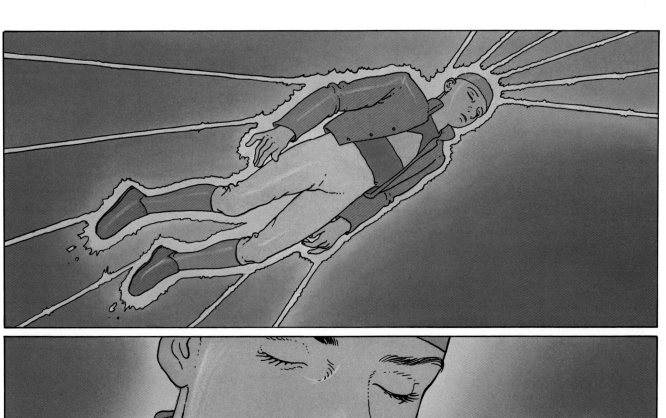

斯娃達歐歐歐!

歐夏恩達
伊……歐
爾爾,

斯娃尼伊
伊……

兜爾

MŒBIUS93

73

斯哈

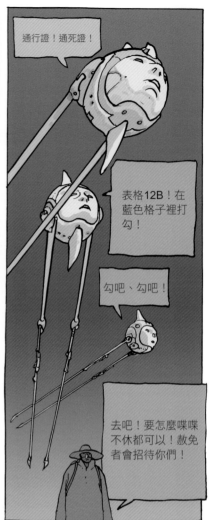

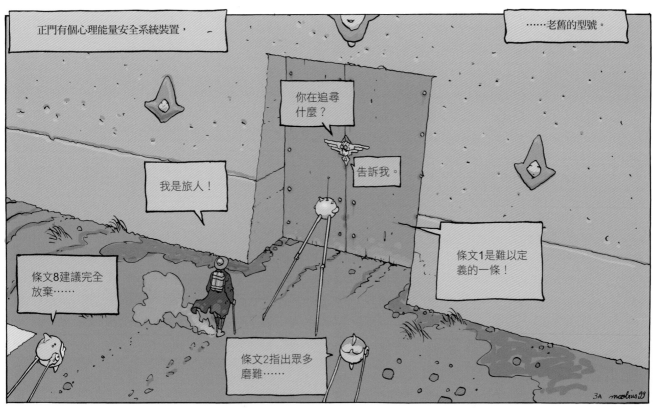

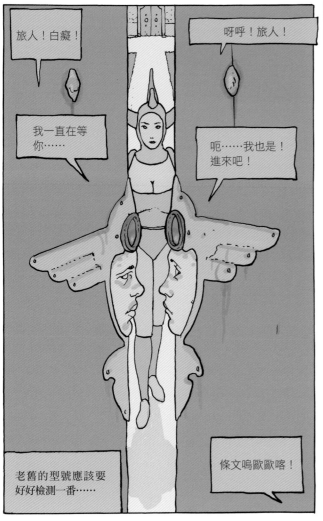

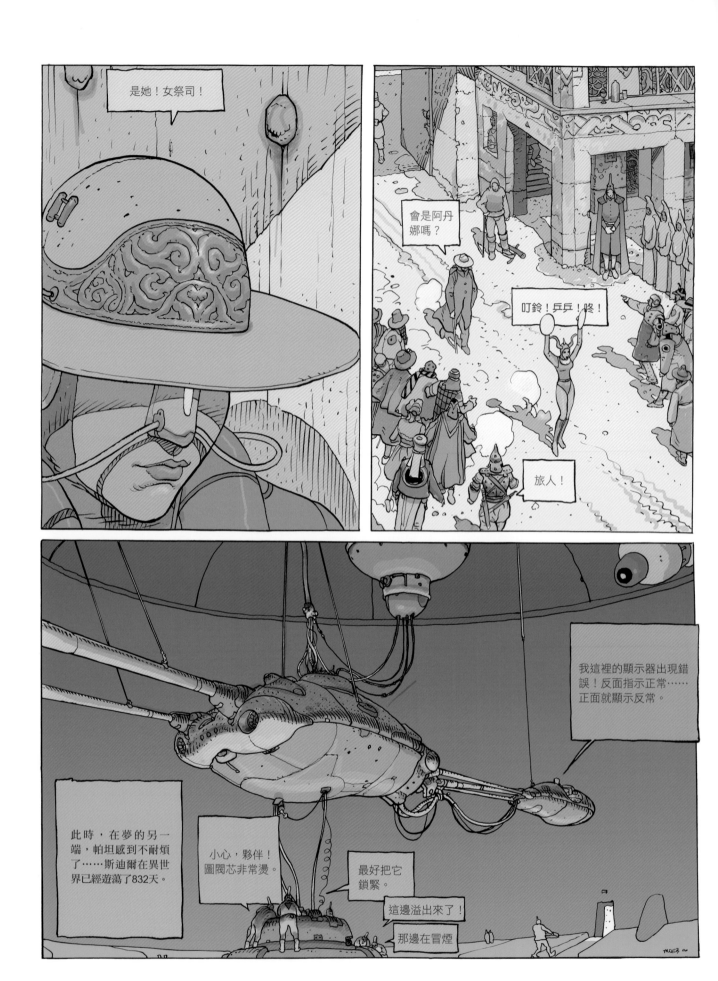

條文33……您將必須凍結時間……

把這些不值錢的亞圖騰加工製成機械肉塊。

MOEB 99

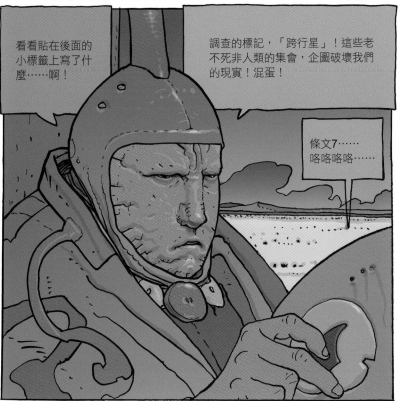

看看貼在後面的小標籤上寫了什麼……啊！

調查的標記，「跨行星」！這些老不死非人類的集會，企圖破壞我們的現實！混蛋！

條文7……咯咯咯咯……

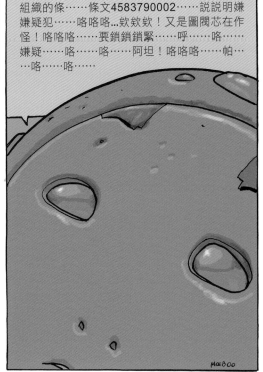

組織的條……條文4583790002……說說明嫌嫌疑犯……咯咯咯...欸欸欸！又是圖閥芯在作怪！咯咯咯……要鎖鎖鎖緊……呼……咯……嫌疑……咯……咯……阿坦！咯咯咯……帕……咯……咯……

MŒ800

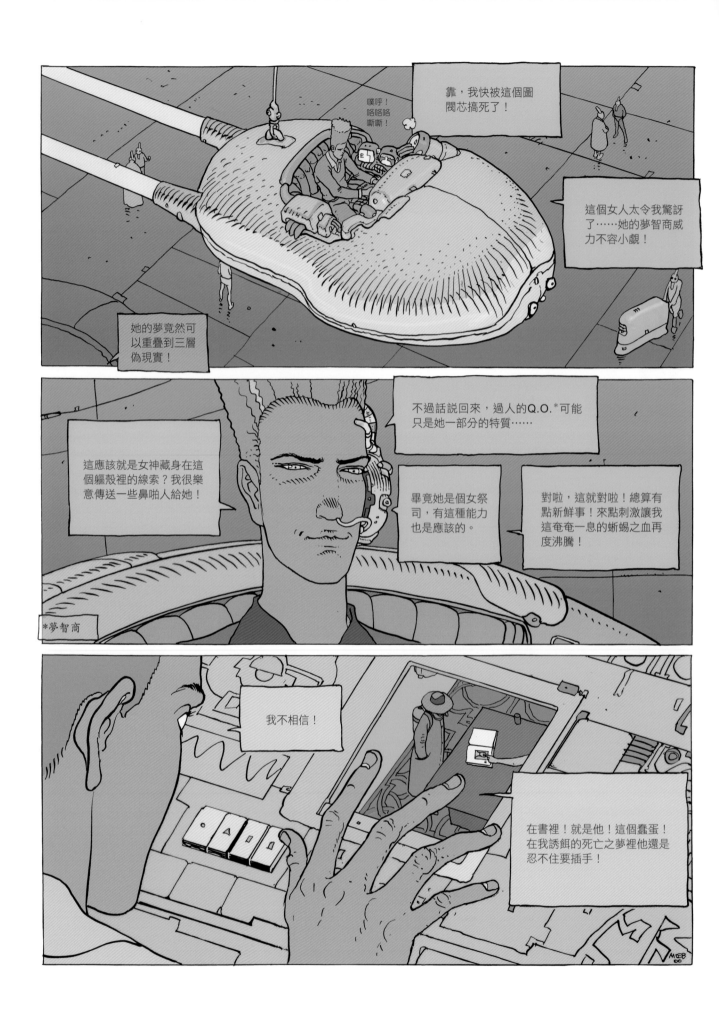

嘶伊喀

藝術！喀！

斯迪爾不禁困惑……「開通夢軀體」究竟意味著什麼？

這倒底是什麼意思？

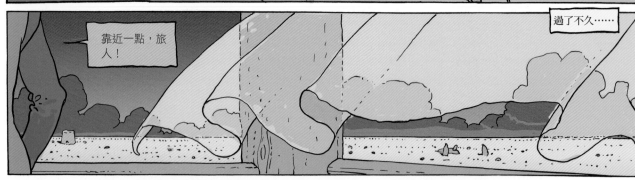

靠近一點，旅人！

過了不久……

說吧。

我所尋找的女人是我的
分身……正是因為她的
失蹤使我成為旅人。

突然，女祭司飛快地打了個手勢。

賓果！

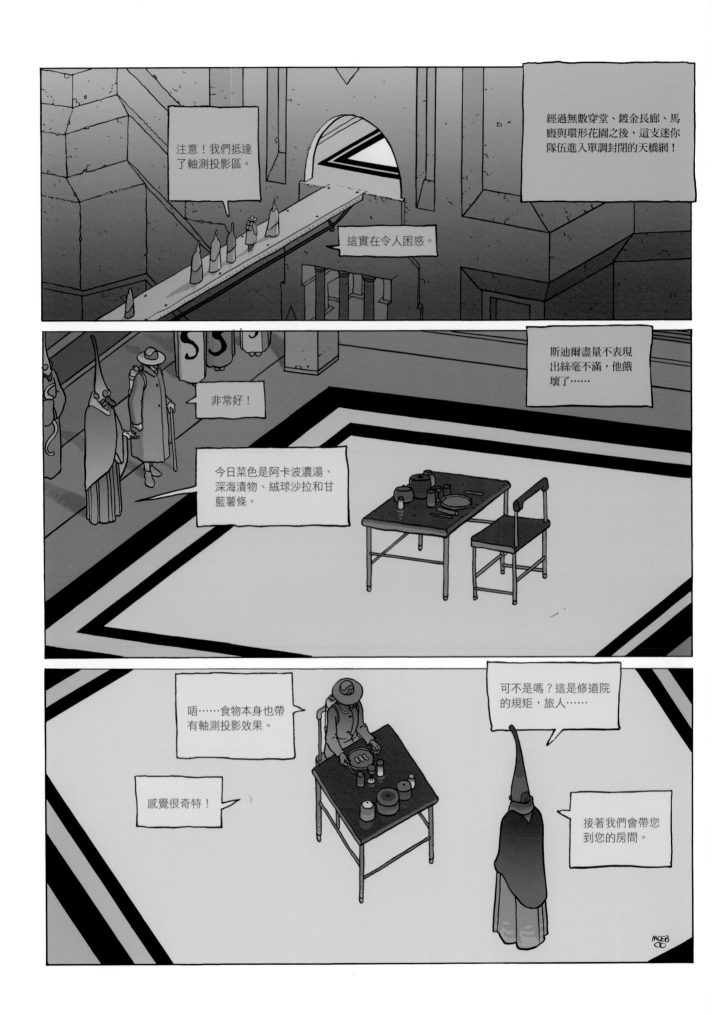

我記得從抵達那個陌生星球開始，遇到的所有事都很奇怪！

是個異鄉人！

他睡著了

靠近點，異鄉人！

多麼令人討厭的鼾聲！

一開始，我的名字是「異鄉人」，日子一天天過去，而我不曾從沉睡中醒來。

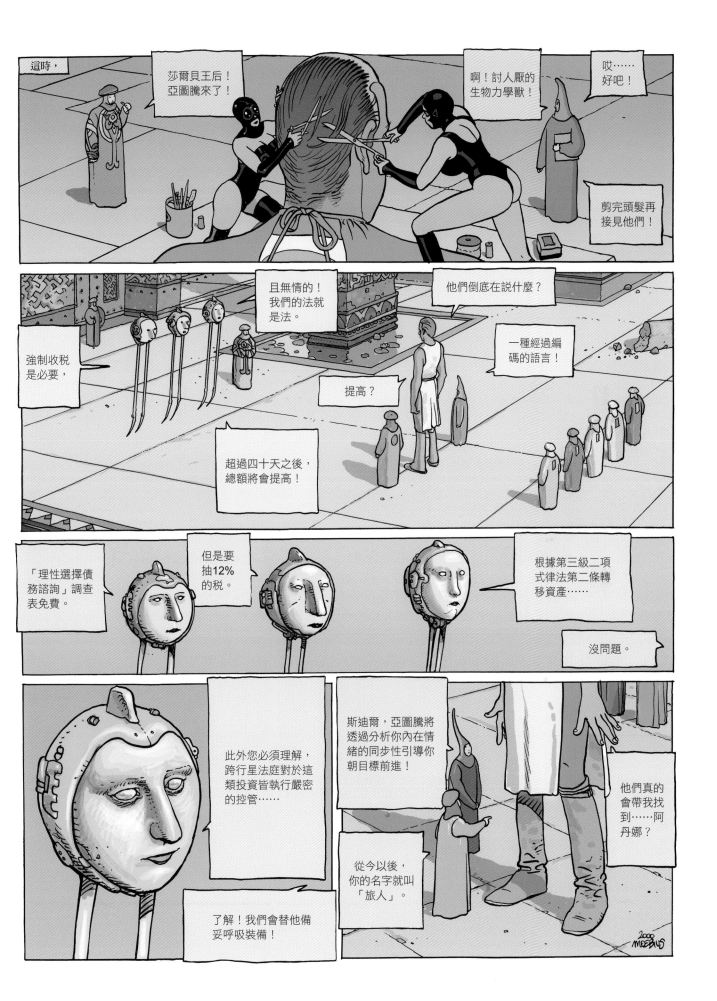

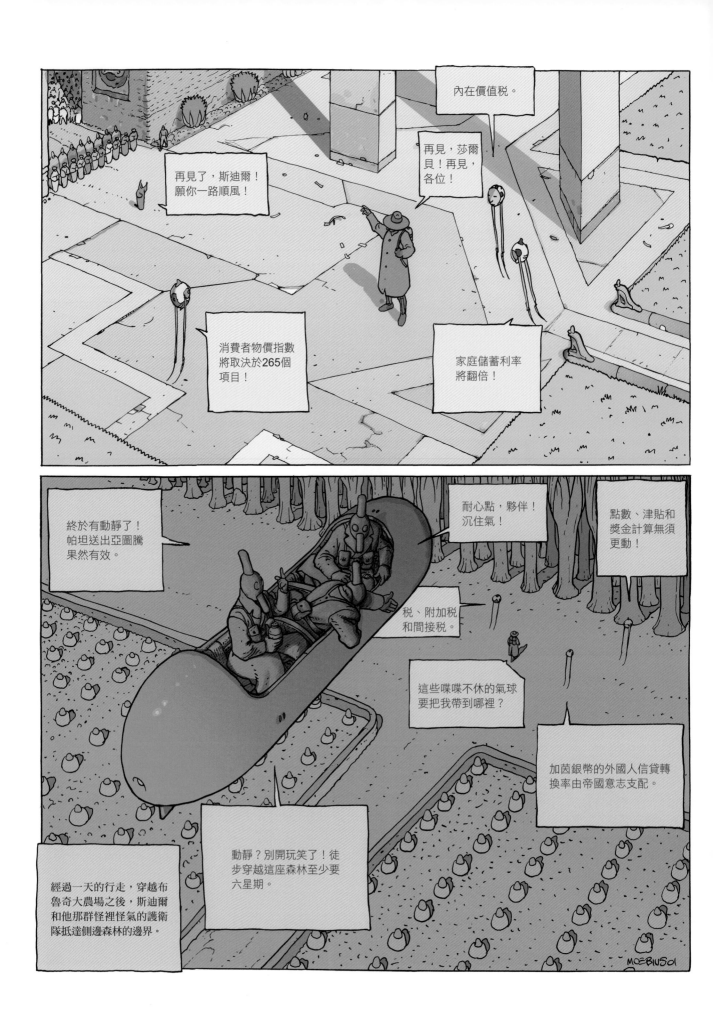

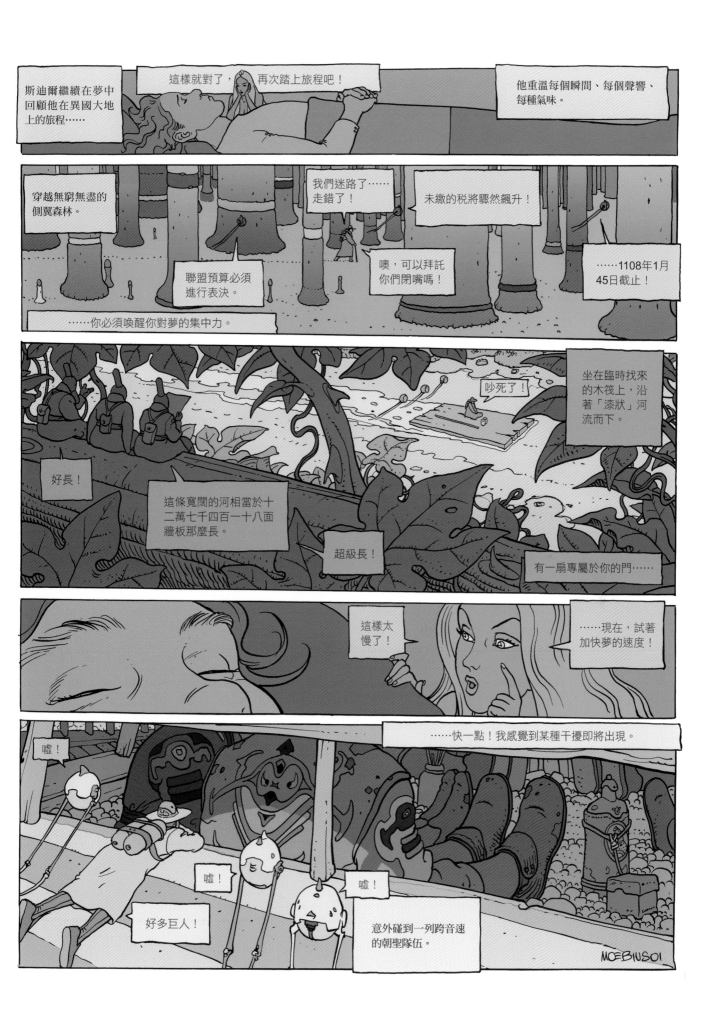

斯迪爾繼續在夢中回顧他在異國大地上的旅程……

這樣就對了，再次踏上旅程吧！

他重溫每個瞬間、每個聲響、每種氣味。

穿越無窮無盡的側翼森林。

我們迷路了……走錯了！

未繳的稅將驟然飆升！

聯盟預算必須進行表決。

噢，可以拜託你們閉嘴嗎！

……1108年1月45日截止！

……你必須喚醒你對夢的集中力。

吵死了！

坐在臨時找來的木筏上，沿著「漆狀」河流而下。

好長！

這條寬闊的河相當於十二萬七千四百一十八面牆板那麼長。

超級長！

有一扇專屬於你的門……

這樣太慢了！

……現在，試著加快夢的速度！

……快一點！我感覺到某種干擾即將出現。

噓！

噓！

噓！

好多巨人！

意外碰到一列跨音速的朝聖隊伍。

MOEBIUS01

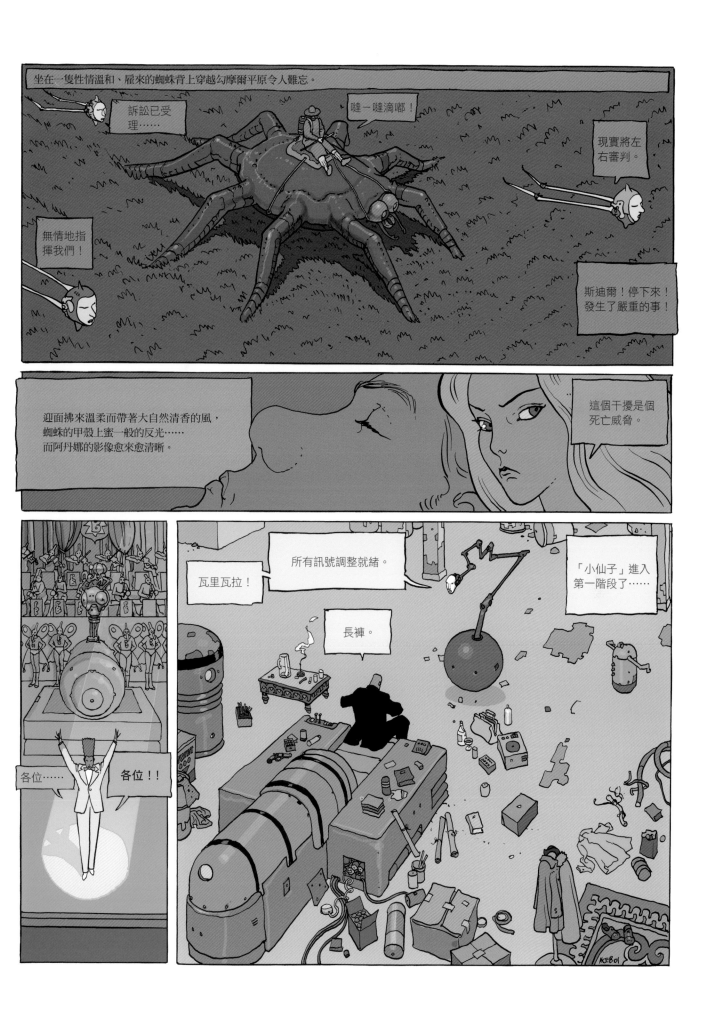

斯迪爾！快醒來！可怕的事情發生了……

求求你，快醒來！

阿丹娜！為什麼你令我如此魂牽夢繫？

噢，這些傢伙就不能閉嘴嗎！

金屬序列！

邏輯分割！

恐懼與溫和的折磨……

這是帕坦式巢城空前絕後的勝利……從現在開始……

伊甸納將完全屬於我！

太棒了！

嗚哈哈哈！

啪啪啪

帕坦萬歲！

啪啪

外部轉移延伸到極致……

注意跨夢境的衝擊……

還有，

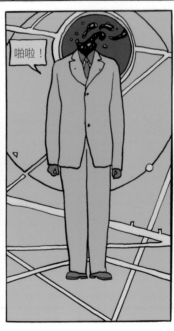

啪啦！

啪啪

啪啪

啪啪

啪啪

MOEBIUS 01

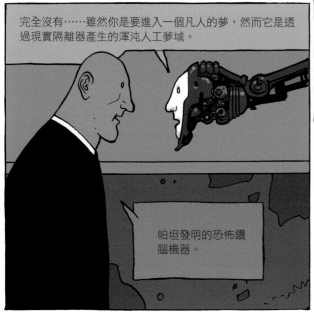

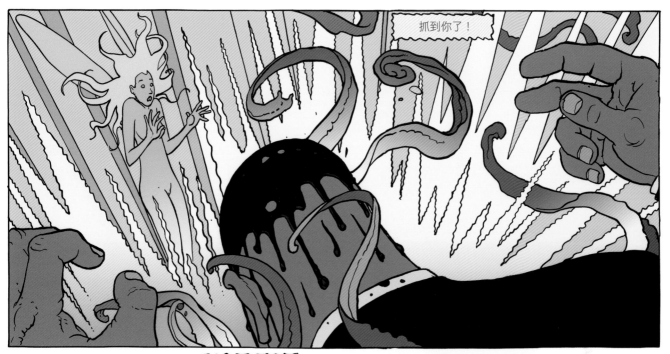

完了，我脫離了表層。

將墜落在非物質之中！

混亂，空白，

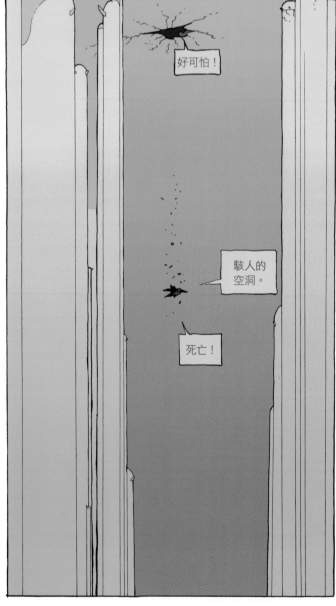

好可怕！

駭人的
空洞。

死亡！

布吉！
是布吉！

大師！

布吉大師？

這是怎麼一回事？

快！表層的裂洞已經要自行闔上了！

斯迪爾！我必須跟隨布吉！你要繼續走下去！阿丹娜在等你！

永別了！

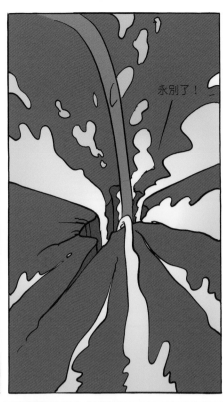

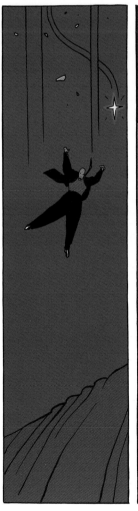

大師！

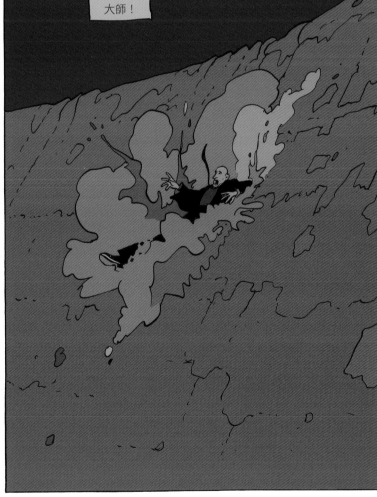

撐住！

沒辦法呀！

缺口自行
闔上了。

這不是夢！那
的確是布吉和
伊甸納的元素
精靈……

小仙
子……

奇怪。

好！不管發生了什麼事，
最重要的是……

找回阿丹娜，一起逃離這個地方……

?!

是鼻啪
人……

發生什
麼事？

不！

不！

大屠殺？

後退！

女祭司！求你們
別殺害女祭司！

噢，帕坦的力
量將注入我的
手臂！

是惡夢嗎？

那本書！

*譯註：卡莫克（Kamok，也是Moka的異位構詞）是一種咖啡利口酒。1860年代法國羅亞爾河地區呂松鎮（Luçon）雇請許多荷蘭工人開闢圩田，由於他們愛咖啡又愛酒，Henri-Emile Vrignaud於是研發出這款咖啡利口酒以滿足他們的需求，我們或可想像成台灣的維士比或保力達B加咖啡的感覺。

咳、咳。

你犧牲了自己！元素精靈脫離當地表層就會死！

我知道，大師……

為什麼要犧牲？

為了斯迪爾！我是他在伊甸納的守護者！我喜歡他，我希望他能找回阿丹娜。

……所以你才要救我，因為我是唯一能夠幫他的人，是嗎？

唔，現在的問題是要如何脫離險境。

我沒力氣了。

不，大師！不能放棄。

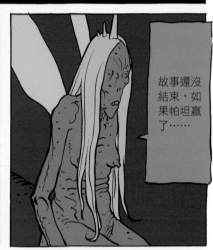

故事還沒結束，如果帕坦贏了……

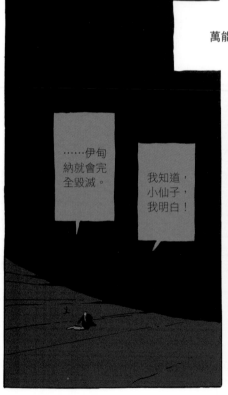

……伊甸納就會完全毀滅。

我知道，小仙子，我明白！

萬能的卡莫克！

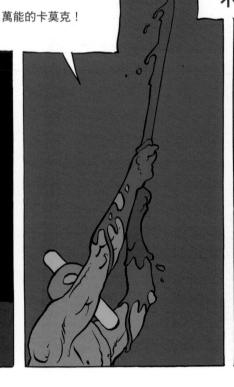

不！

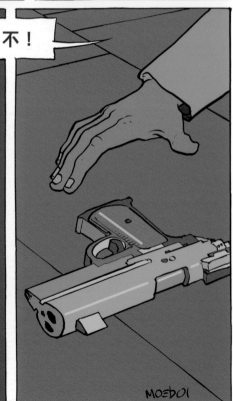

MOEBOI

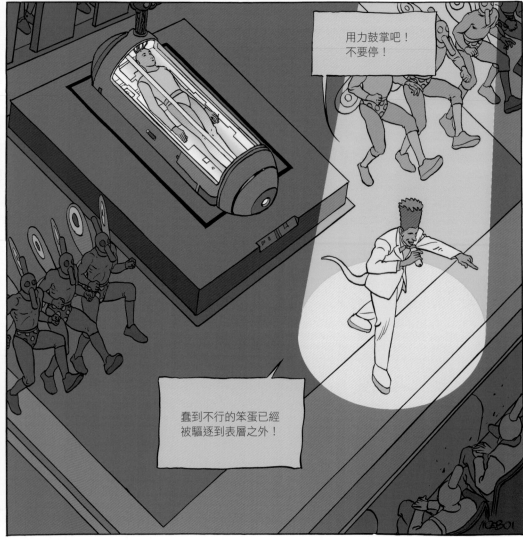

用力鼓掌吧！
不要停！

蠢到不行的笨蛋已經
被驅逐到表層之外！

帕坦！

你對阿丹娜做了什麼？

快說啊！

這……

這……不可能！你明明被隔離了！你不應該在這裡！

她在哪裡？我的愛人在哪裡？

回答我的問題！

啊痛！

赫啊啊！

小仙子，去吧！引導斯迪爾進入最終的覺醒，

去吧！

鈴

精靈從來不會完全死去……她的想望將如影隨形跟著你，如同永恆的存在。

鈴鈴鈴！

鈴——！

鈴鈴鈴鈴——！

什麼聲音？

ZIIIIINNNN.

啊對了。是今天出院！

靠！好可怕的夢……兩頭怪物互相殘殺。

今天出院，斯迪爾奇恩先生。

我知道！我準備好了！

感覺如何，斯迪爾奇恩先生，要出院了開心嗎？

還不賴，哈！

我會想你的，還有你那些古怪的夢……嘻嘻嘻！

夢？

布吉洛醫生！斯迪爾奇恩先生到了……

請進。

喔，那些惡夢！奇怪，我平常又不作夢。

MŒBOI

請進請進，麻煩坐這張椅子……

很高興我們又碰面了……

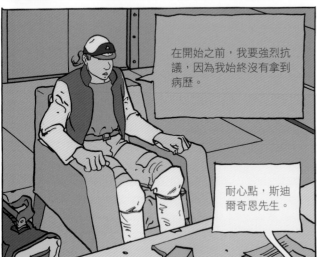

在開始之前，我要強烈抗議，因為我始終沒有拿到病歷。

耐心點，斯迪爾奇恩先生。

我想知道到底發生了什麼事！

我記得很清楚，我、還有我的隊友阿丹，我們因為一個求救訊號而改變了航道……那訊號來自……來自……呃……

忘掉這一切吧，斯迪爾奇恩先生。聽我說，唯一的現實是……

……你是E.D.N.A.症候群的受害者！

E.D.N.A.症候群？

脫氧核醣核酸偏差症？

沒錯！這個傳染病正在加萊地帶蔓延，而原始病毒似乎是從另一個星系來的……我……

等……等等！

那麼……阿丹……阿丹娜！

是的！您所謂的隊友只不過是主艦電腦的虛擬延伸，阿丹娜是一組直接連結到你基因編碼序列的神經系統……

我的天……

你必須知道，這種病是以基因編碼作為介面……讓你的無意識自我夢境迷宮與基礎現實之間出現愈來愈大的歧異。

這些我都知道！但是，再怎麼說……伊甸納——EDENA和E.D.N.A.的縮寫這麼相近……花園、布吉大師、帕坦……這些細節中的相似點，讓人不禁懷疑所謂「基本現實」真的就是眼前這個？

嘖嘖——相信我，斯迪爾奇恩，這一切只是個寄生的夢，而且差點毀掉您還有您的飛船。

我……我很抱歉！

不必感到內疚！罪魁禍首是病毒……不過，很遺憾您再也不能當宇航員了。我們將把您遣送回地球，斯迪爾奇恩先生！

我了解。

叮鈴——

讓他進來。

請說。

帕坦艦長到了，醫生。

MOEBOI

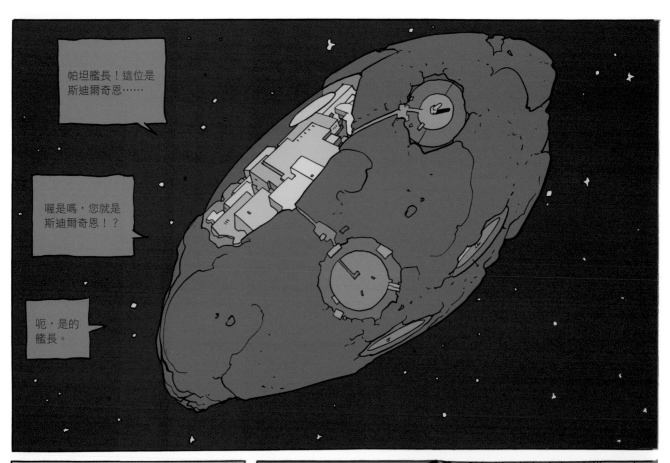

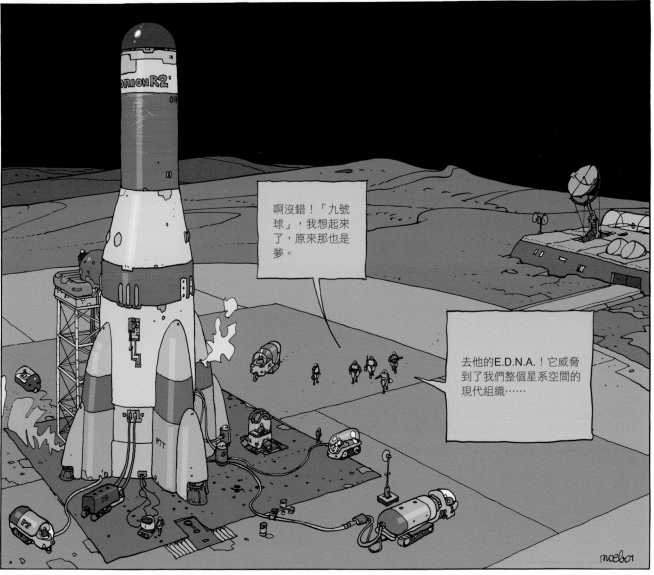

要是他們沒把記憶區清空，我至少還可以聽聽阿丹這好傢伙的建議。

啊……至少他們沒有發現我的微分控制器。

微分控制器！

好了！這是您的密碼！

快給我吧！

這就對了！爽！阿丹是怎麼說的？我可是**修復天才**啊……

天殺的，阿丹啊！

欸欸欸！這……？

嗨，斯迪爾。

你終於抵達追尋之旅的終點！

我的天，帕坦，你看這個！

又怎麼了，布吉洛？

發生了怪事，你應該會感興趣。

那亂七八糟的
東西是什麼？

我認為斯迪爾奇恩
的E.D.N.A.症狀還
在持續發作。

精靈！我看
到了精靈！

這……這怎
麼可能！

可是她就在那！還跟我講話！
到底什麼才是現實？

自動停止了！

必須把他打下來，
讓那傢伙待在高處
太危險了！

啟動小艇，我們
從駕駛艙伏擊。

讓我們看看還有什麼……

MŒBOI

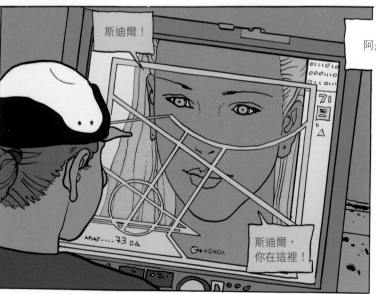

我在這裡！

斯迪爾……你終於找到我了！我的愛！快來吧，我等你等得好心急。

但是……你只是一個虛擬的影像！你……你無法真正存在……

我不就在這裡嗎？斯迪爾！

減壓室的門卡住了，艦長！

全部上接駁艇！

我存在……

因為我就是你夢境的核心……

而讓這個夢境成真，是伊甸納的仙子與布吉大師的使命……

可是……好吧，就算你「真實」存在，那我要如何「真實」找到你？

很簡單，斯迪爾，我在伊甸納！

伊甸納？

啟動核聚變！我們會引導你！

你殺死了帕坦，鼻啪人都脫掉了面具，伊甸納終於成為我們夢想中的天堂。

就差你一個了！

可是，我沒有密碼……

別擔心，只要下定決心，就能出發！

喂！快上接駁艇！

MOEBO1

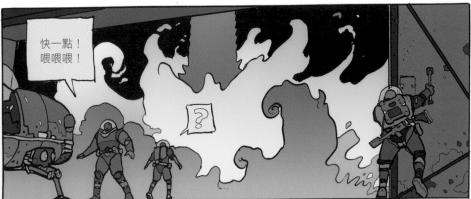

關於伊甸納

購票處

一張往那普勒斯的車票……觀光艙。

終於！買到票啦……

嘻嘻嘻。

我的夢想實現了。

登機中……

MŒBIUS

一路上平安無事。

往那普勒斯
的旅客？

是我！

幻想破滅……

那普勒斯在
那邊。

那普勒斯怎麼可能長這樣。

這和觀光摺頁上說的根本不一樣！

無聊透頂！

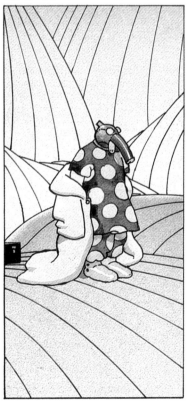

什麼爛旅行……

而且熱到爆炸。

我穿太多了！

啊——好多了！

有音樂……

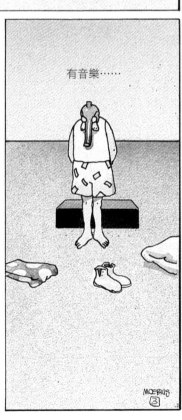

沒有面具我們會
窒息而死？

不是嗎？

噢？

那普勒斯！

A

. B .

E

F

G

H

I

J

K

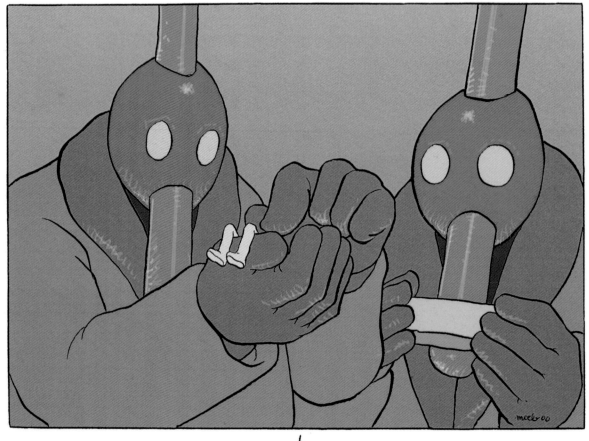

L

M

N

O

P

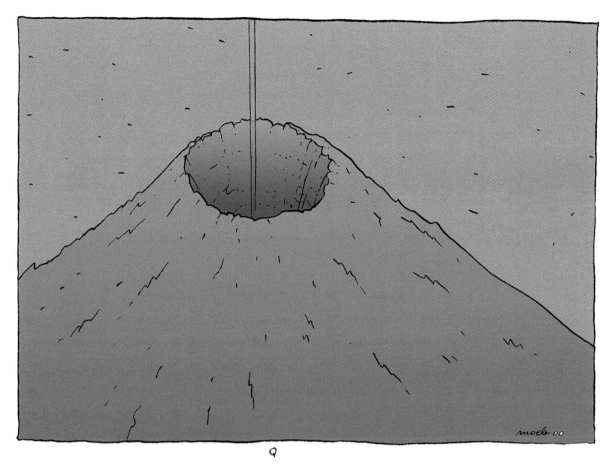

Q

R

S

T

U

V

w

x

Y

Z

- NAPLES -

LA PLANÈTE ENCORE

星球仍在

○○○ MŒBIUS 90.

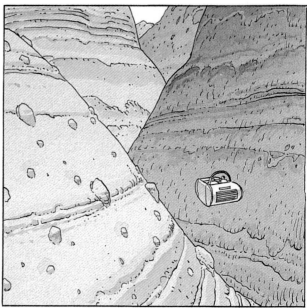

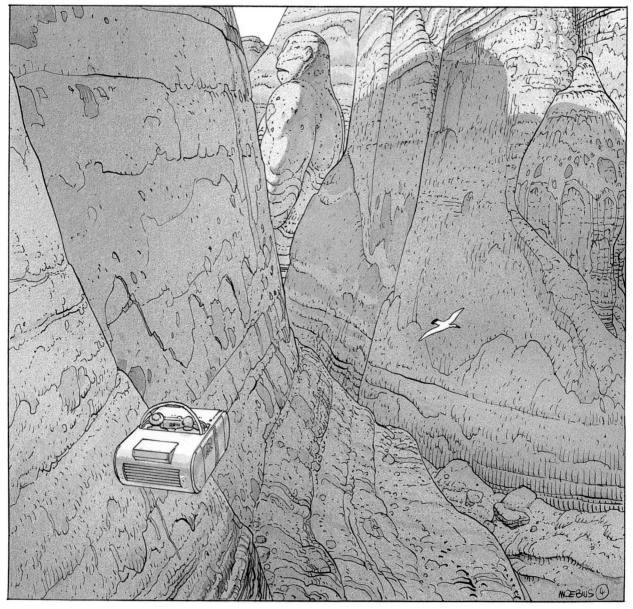

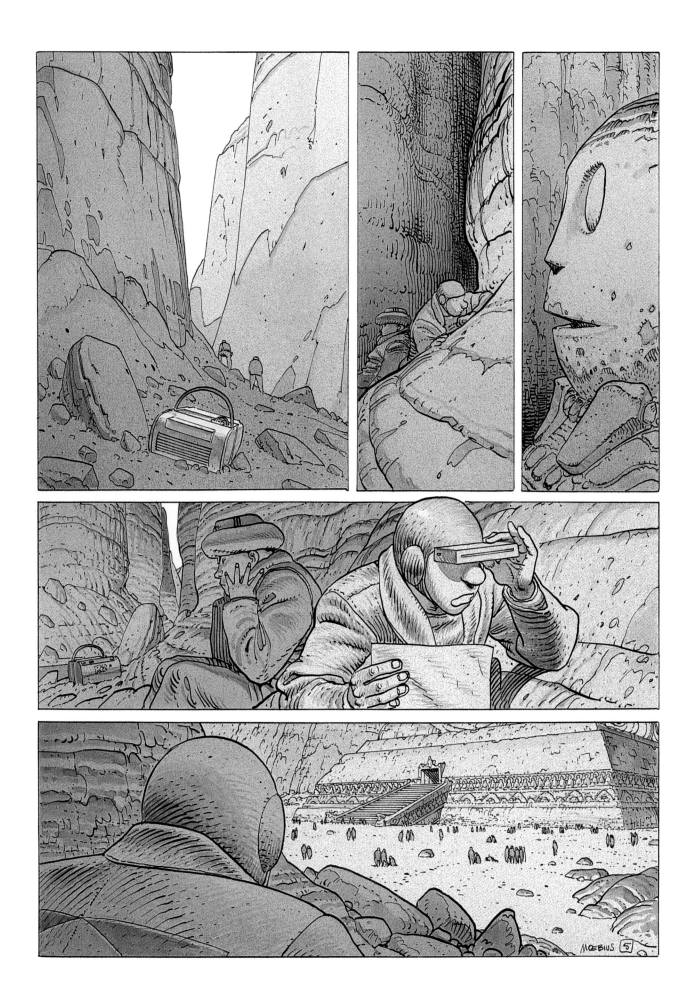

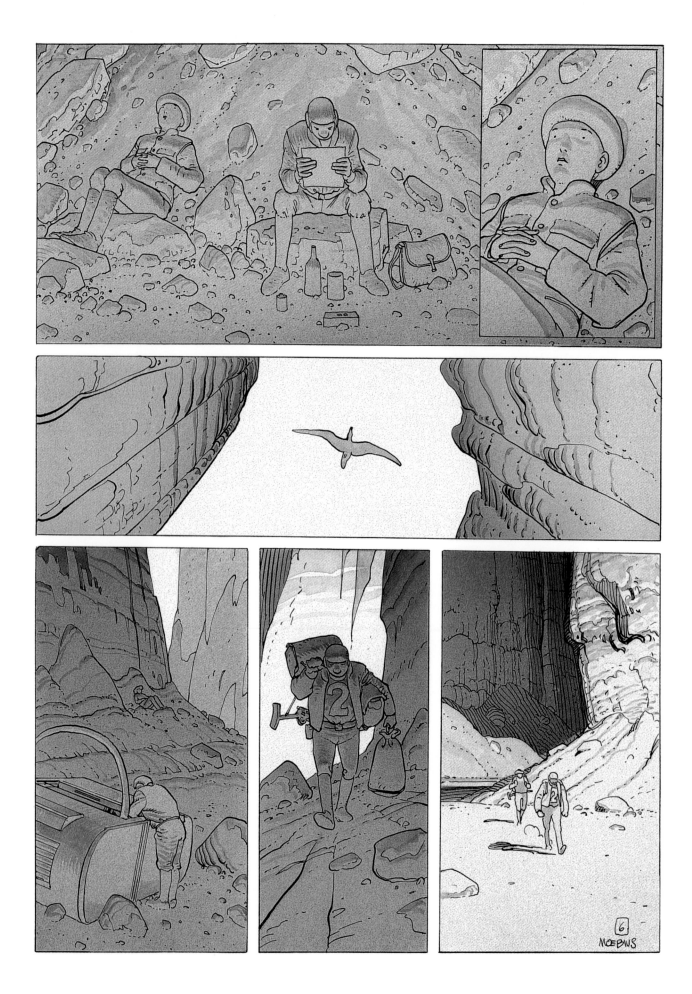

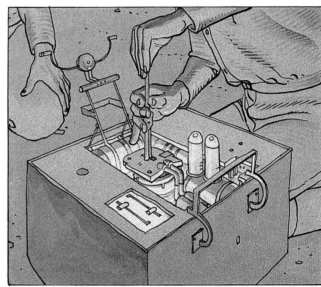

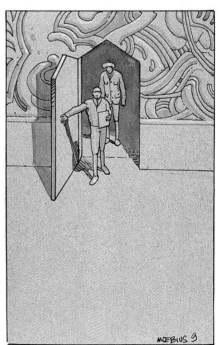

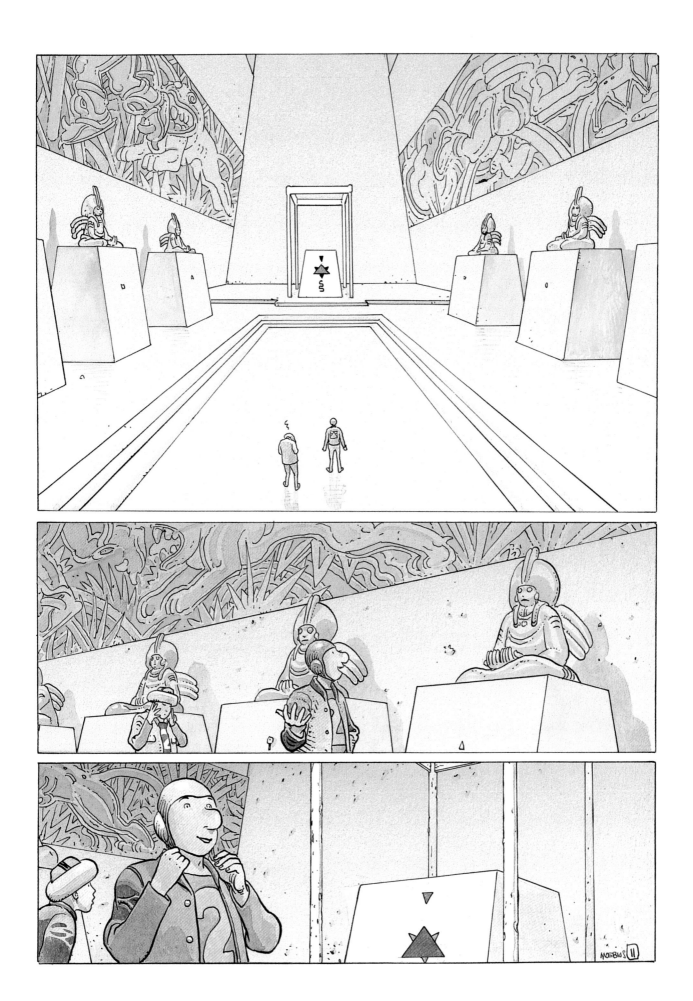

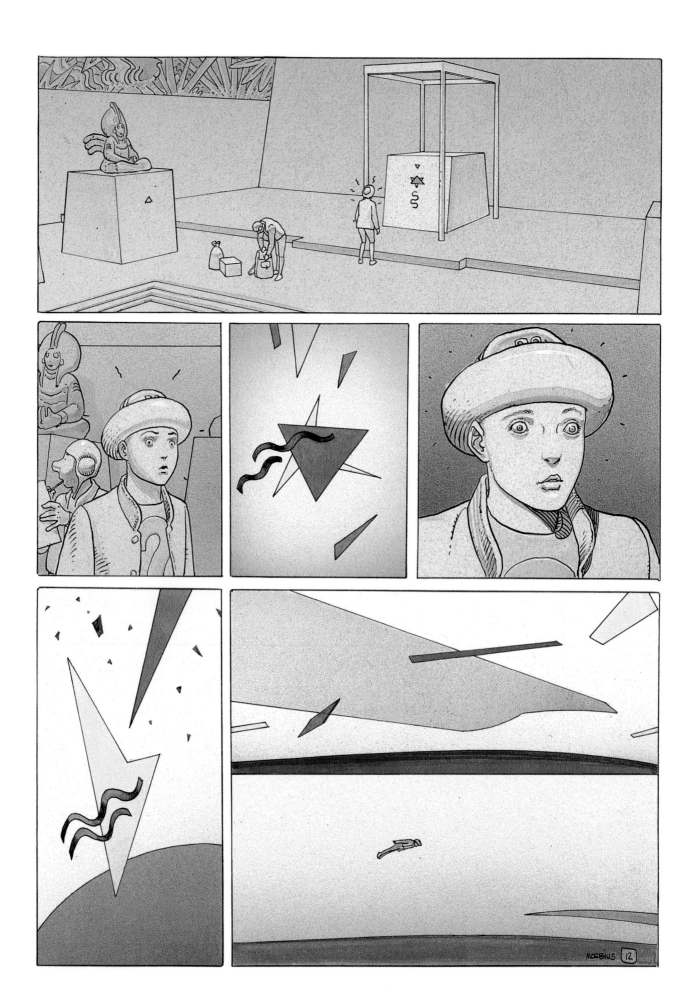

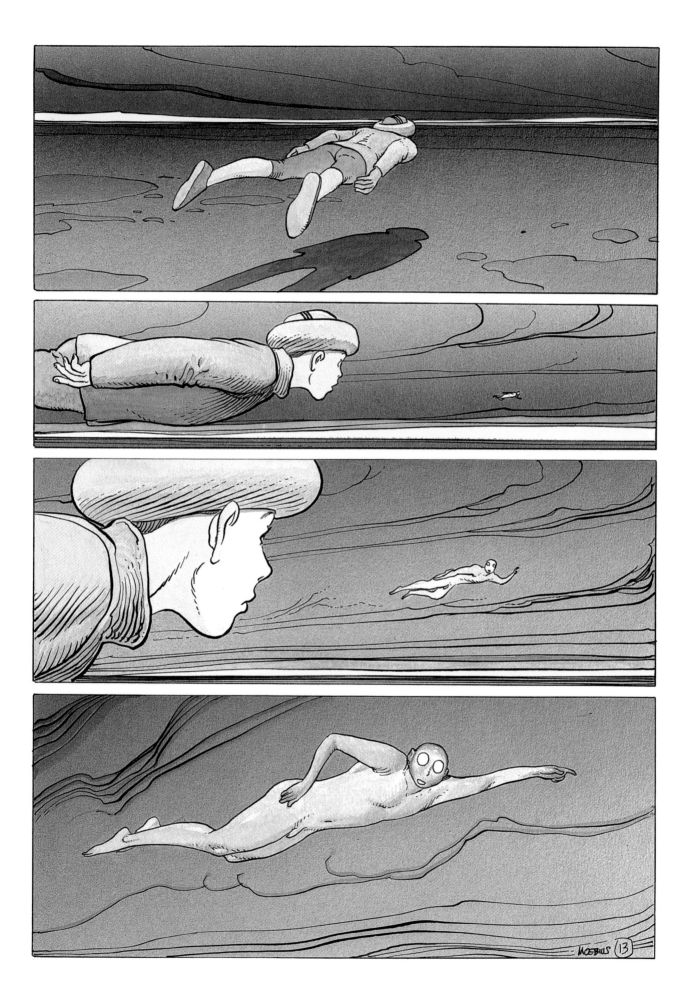

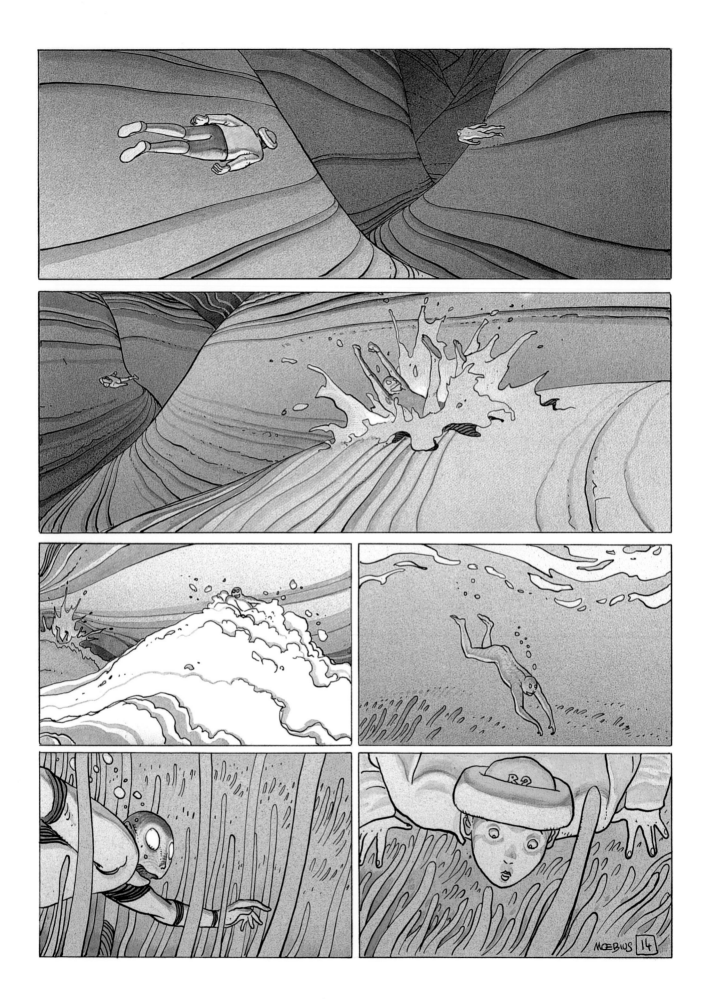

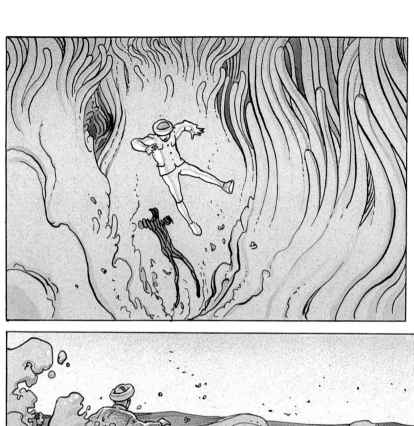

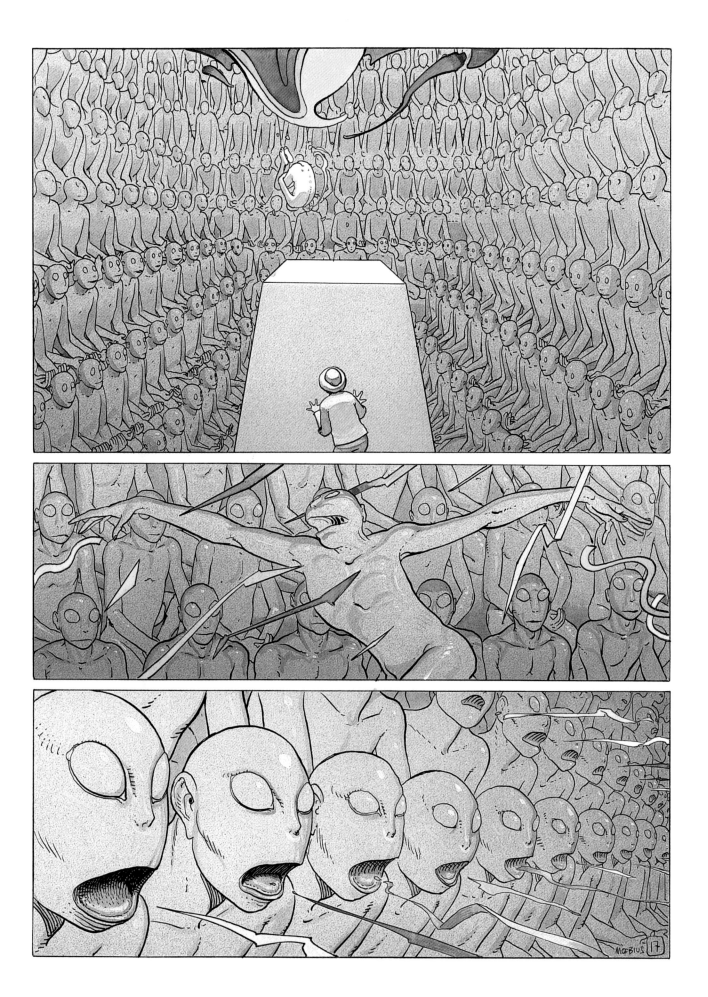

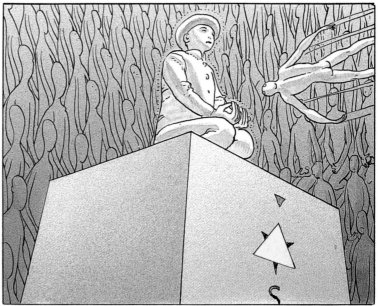

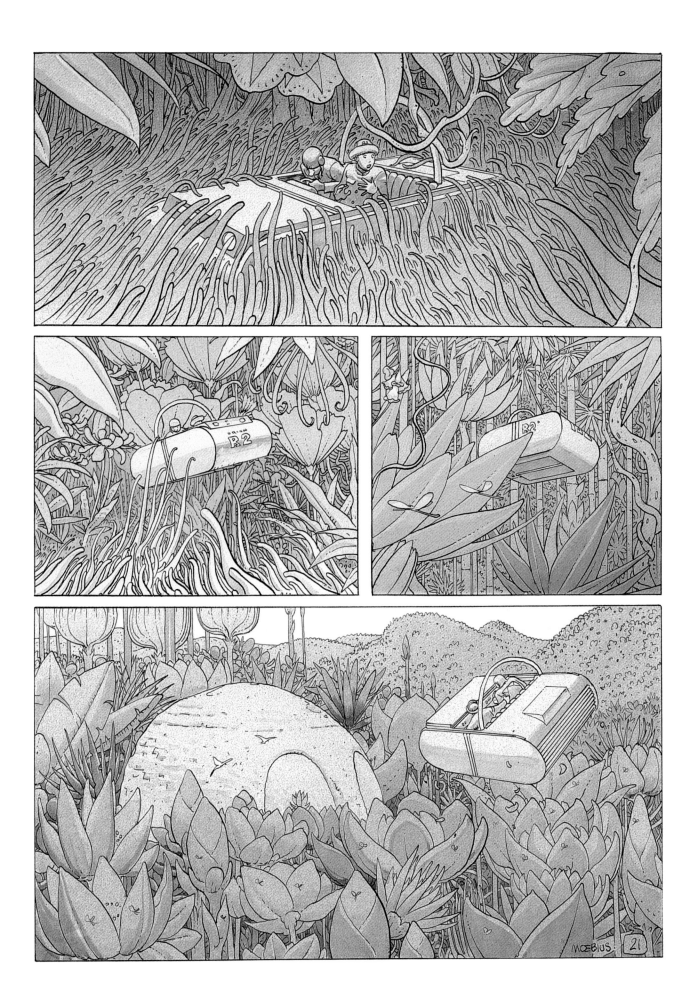

FIN. MŒBIUS 1990...

LES REPARATEURS 終章：修復師 MŒBIUS

MŒBIUS 96

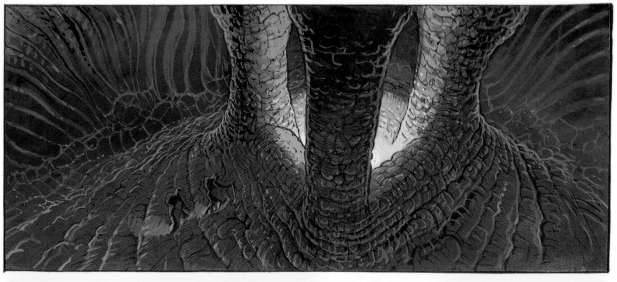

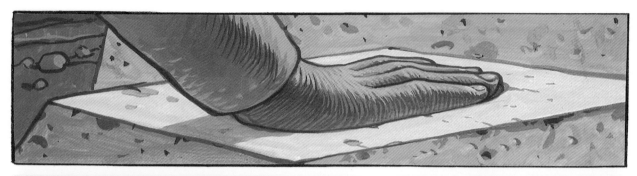

「我感覺我正在變形⋯⋯需要你給我修復碼。」

"Je sens que je transmute...
Il faut que tu me donnes les codes de réparation."

Mœbius